ESCOLA DO MEDO
A CLASSE **NÃO** ESTÁ DISPENSADA!

ESCOLA DO MEDO
A CLASSE **NÃO** ESTÁ DISPENSADA!

DE
GITTY DANESHVARI

ILUSTRAÇÕES DE
CARRIE GIFFORD

TRADUÇÃO DE
CHICO LOPES

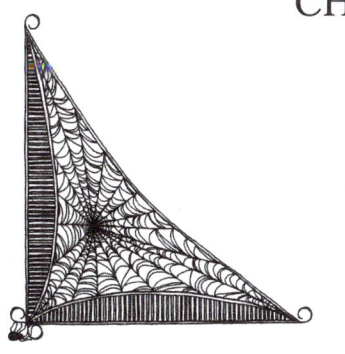

ROCCO
JOVENS LEITORES

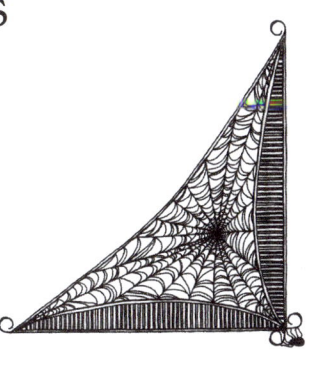

Título original
School of fear
Class is **not** dismissed!

Copyright do texto © 2010 *by* Cat on a Leash, Inc.

Copyright das ilustrações © 2010 *by* Carrie Gifford

Todos os direitos reservados.
Nenhuma parte desta obra pode ser reproduzida ou transmitida por qualquer forma ou meio eletrônico ou mecânico, inclusive fotocópia, gravação ou sistema de armazenagem e recuperação de informação, sem a permissão por escrito do editor.

Direitos para a língua portuguesa reservados
com exclusividade para o Brasil à
EDITORA ROCCO LTDA.
Av. Presidente Wilson, 231 – 8º andar
20030-021 – Rio de Janeiro – RJ
Tel.: (21) 3525-2000 – Fax: (21) 3525-2001
rocco@rocco.com.br | www.rocco.com.br
www.facebook.com/roccojovensleitores

Printed in Brazil/Impresso no Brasil

preparação de originais
KARINA PINO

CIP-Brasil. Catalogação na fonte.
Sindicato Nacional dos Editores de Livros, RJ.

D18e Daneshvari, Gitty
  Escola do Medo – A classe não está dispensada! / Gitty Daneshvari; ilustrações de Carrie Gifford; tradução de Chico Lopes. – Rio de Janeiro: Rocco Jovens Leitores, 2013 – Primeira edição.
  (Escola do Medo; 2)
  Tradução de: School of Fear, Class is not dismissed!
  ISBN 978-85-7980-092-4
  1. Ficção americana. I. Daneshvari, Gitty II. Lopes, Chico. III. Título. IV. Série.
  12-9127   CDD – 028.5   CDU – 087.5

O texto deste livro obedece às normas do novo
Acordo Ortográfico da Língua Portuguesa.

ESCOLA DO MEDO

Periferia de Farmington, Massachusetts
(Localização exata omitida por questões de segurança)
Destinar toda a correspondência a: Caixa Postal 333, Farmington, MA 01201

Caros Concorrentes,

Assim como dever de casa, espinhas e puberdade, seu segundo verão na Escola do Medo não é opcional. Quaisquer atos de insubordinação, tais como alegar a morte de um animal de estimação adorado, amnésia ou inscrição num acampamento, terão que ser resolvidos por meu advogado, Munchauser – literalmente. O homem com as unhas mais sujas da América e que esteve apenas três vezes num dentista chegará à sua casa com um fio dental na mão. Munchauser limpará com ele seus pequenos dentes amarelos a poucas polegadas de seus rostos. Será um ato do qual não se recuperarão.

O curso de verão começará prontamente às nove da manhã no sábado, dia 29 de maio, na base de Summerstone. E não se esqueçam de preservar o anonimato da Escola do Medo enchendo a banheira, aumentando o volume da televisão e tocando gaita toda vez que discutirem sobre a nossa instituição. Em meu nome, em nome de meu cabeludo assistente Schmidty, de Macarrão, o buldogue, e de meus gatos altamente treinados, esperamos ansiosamente ver todos os seus sorrisos recobertos de vaselina muito em breve.

As mais afetuosas saudações,

Mrs. Wellington
SRA. WELLINGTON
Diretora da Escola do Medo
Vencedora do Concurso de Beleza de 1949
LM/kd

P.S.: – Munchauser não está nem um pouquinho interessado em ver qualquer um de vocês novamente e pediu que eu deixasse isso bem claro.

ESCOLA DO MEDO
A CLASSE **NÃO** ESTÁ DISPENSADA!

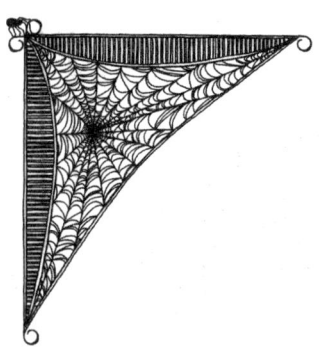
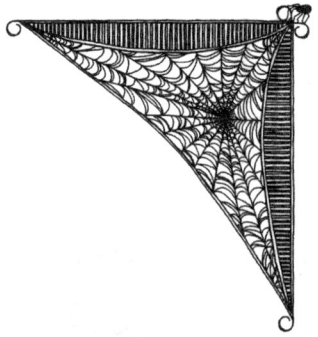

TODO MUNDO TEM MEDO DE ALGUMA COISA:

Heliofobia é o medo do sol.

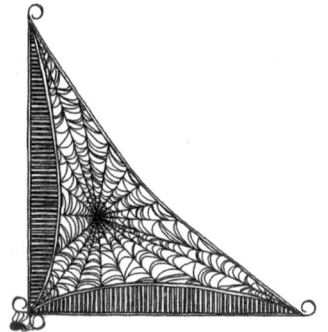
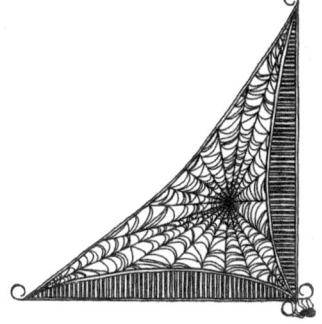

O sol não é o sol. E isso não é dizer que o sol é a lua, pois não é absolutamente esse o caso. O sol é simplesmente muito mais que o centro do sistema solar ou uma coisa muito brilhante no céu. Dia após dia, o sol nos protege da escuridão, trazendo consigo muitos segredos que escondemos dos outros e, às vezes, até de nós mesmos. Ah, sim, o sol é o guardião da verdade, gostemos dela ou não.

Madeleine Masterson, de treze anos, entrou animada em Boston, satisfeita por haver escapado dos medonhos céus de Londres. Com um sorriso radiante, a garota de pele boa e olhos azuis, com cabelos negros caídos em seus ombros, levou os pais para o calor intenso e para a umidade. Toda a família Masterson ficou ao ar livre, esquentando seus frios ossos britânicos com o sol radiante. Para os ingleses, o sol é um pouco como a Rainha: eles sabem que ela existe, mas simplesmente não a veem com muita frequência.

Há apenas um ano, Madeleine era uma casca do que é hoje, caminhando pela vida em terror abjeto, certa de que inimigos se escondiam sorrateiros em cada esquina, ou melhor, em *todas* as esquinas. A filha única do sr. e da sra. Masterson sofrera por muito tempo de uma assustadora fobia de aranhas e outros insetos. Além de usar um véu de rede e um cinto de repelentes o tempo todo, Madeleine se recusava a entrar em qualquer edifício que não houvesse sido dedetizado recentemente por um exterminador. Como se pode imaginar, a maioria dos pais de seus colegas de classe se recusava a cumprir as extensas e caras orientações necessárias para que Madeleine entrasse em suas residências. Portanto, Madeleine faltava a festas do pijama, aniversários e todas as atividades fora de casa.

Para a máxima felicidade de todas as partes envolvidas, Madeleine havia passado o verão anterior na altamente clandestina e furtiva instituição conhecida como Escola do Medo. Para a satisfação de seus pais, Madeleine retornou livre do véu e dos repelentes, uma filha mudada por completo. Bem, mas não inteiramente: a garota permanecia fascinada por líderes mundiais, com frequência fazendo listas dos representantes das Nações Unidas em ordem alfabética para divertir-se. Mas sua aracnofobia paralisante desaparecera fazia muito tempo.

— Papai e mamãe, não quero ser impertinente, mas por que vocês estão me mandando de volta para mais um verão? Eu estou curada, consertada, ou como queiram definir. Agora sou um membro do Clube de Apreciação das Aranhas e do Clube das Criaturas de Oito Patas para Transformação Social!

— Sim, nós sabemos, querida. Seu pai e eu estamos muito impressionados com sua melhora — disse a sra. Masterson com um sorriso.

— Você não é o único membro desses clubes? — perguntou o sr. Masterson.

— Isso não vem ao caso, papai — replicou Madeleine, melindrada.

— Infelizmente, como nós explicamos, é uma cláusula contratual. O advogado da sra. Wellington, aquele pavoroso Munchauser, nos fez assinar um acordo para dois verões. Ele alega que a segunda etapa é necessária para reforçar o avanço que vocês fizeram no verão passado. Mas não se preocupe, querida. No próximo verão, você estará livre para fazer qualquer coisa que goste.

— Bem, suponho que um verão a mais não me fará muito mal. Além do mais, estou ansiosa para rever os outros e saber todas as novidades.

Quando Madeleine terminou de falar, o automóvel de aluguel virou em uma estrada estreita de paralelepípedos. Em questão de segundos, o carro estava envolvido na escuridão lançada pelas árvores e trepadeiras viscosas que cresciam de cada lado da estrada, criando um túnel. Embora difíceis de decifrar na luz turva, uma multiplicidade de avisos feitos em casa advertiam contra penetrar na Floresta Perdida. A área densamente arborizada tinha a reputação de mastigar as pessoas e *não* cuspi-las de volta.

O carro diminuiu a velocidade quando o túnel de folhagens se abriu para a base de uma grande montanha de granito. O sr. e a sra. Masterson haviam planejado sair do veículo e encontrar o tal de Schmidty de quem tanto tinham ouvido falar. Contudo, as temperaturas elevadas rapidamente dissuadiram os nativos de Londres de deixar os limites com ar-condicionado de seu carro. Ostentando um vestido xadrez alaranjado com uma faixa de cabeça combinando e um enorme sorriso, Madeleine pulou do sedã. Falando tecnicamente, foi mais um passo do que um pulo, devido ao tempo extremamente quente. Madeleine estava começando a entender o que as pessoas queriam dizer quando falavam que uma coisa boa estava sendo boa demais.

Acomodados em cadeiras de jardim sob um grande para-sol estavam Schmidty, o confiável cozinheiro/zelador/cuidador de perucas, e Macarrão, o buldogue inglês.

— Schmidty! — gritou Madeleine com alegria, antes de parar. A garotinha ficou surpresa e incapaz de falar. O velho roliço estava vestido com uma camisa havaiana, calção preto de poliéster e sandálias de dedo abertas que exibiam seus pés peludos e unhas marrons pontudas. Mais chocante era a visão de seu penteado: um emaranhado de cachos era tudo que restava. Madeleine ficou paralisada por alguns segundos, até recobrar a compostura e avaliar qual era a melhor forma de lidar com a situação delicada.

"Schmidty, lamento terrivelmente informá-lo, mas seu cabelo..."

— Por favor, srta. Madeleine — interrompeu Schmidty —, é doloroso demais ouvir confirmações. Estou em estado de negação, mas a senhorita sabe que é muito mais difícil do que a sra. Wellington faz parecer.

Madeleine concordou com a cabeça antes de dar um tapinha no ombro de Schmidty. Em face do calor e do penteado desfeito, Madeleine achou melhor evitar um abraço.

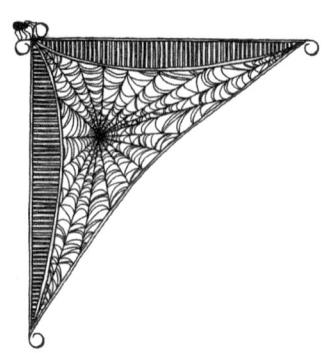
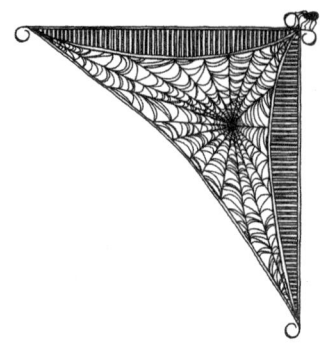

CAPÍTULO 2

TODO MUNDO TEM MEDO DE ALGUMA COISA:

Singenesofobia é o medo

de parentes.

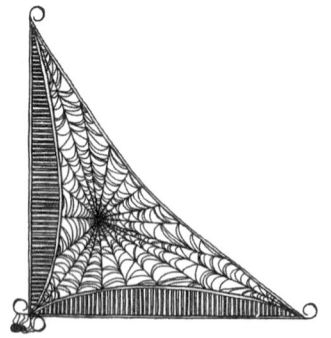
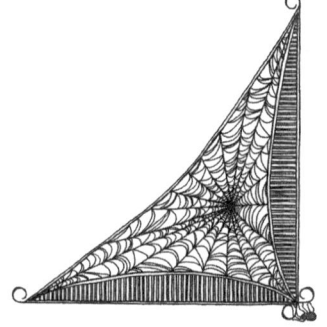

Enquanto Madeleine abanava tanto a si mesma quanto Macarrão com uma revista, uma perua Volkswagen colossal coberta de adesivos guinchou perto da esquina, fazendo sair fumaça dos paralelepípedos. Em meio à condensação e ao para-brisa coberto de insetos, Madeleine conseguiu distinguir um adolescente atrás do volante. Com não mais que dezenove anos, o jovem estava usando um boné de beisebol e grandes óculos de sol.

Segundos depois, a perua Volkswagen deu uma guinada e a porta traseira abriu, liberando um hesitante Theodore Bartholomew. O garoto gorducho de cabelos castanhos e óculos trajava bermuda de golfe de cor salmão, camisa polo azul-turquesa, top-siders e uma pochete xadrez na cintura. Em resumo, havia pouca coisa que se salvava em seu figurino.

— Vou contar ao papai e à mamãe, Joaquin! *Você está me ouvindo?* Você prometeu que não dirigiria a mais de sessenta e cinco quilômetros por hora. E apesar de toda a minha vida estar passando diante de meus olhos, eu vi que o velocímetro estava a oitenta! — berrava Theo, de treze anos, para o irmão mais velho, que descarregava duas malas.

Theo era um nova-iorquino nervoso, um menino que crescera acreditando que o perigo ou mesmo a morte estavam esperando por ele e sua família a cada curva. O mais novo de sete filhos havia exaurido sua família com suas exibições teatrais de preocupação, principalmente por seu sistema de rastreamento *Morto ou Vivo*. Antes de frequentar a Escola do Medo, Theo havia rastreado a família implacavelmente, registrando suas condições de mortos ou vivos em seu caderno fidedigno. Ele também havia passado vastas quantidades de tempo escrevendo cartas para o prefeito de Nova York, tentando fazer a cidade ficar mais segura. Para sua grande irritação, o prefeito nunca respondera – nem mesmo à sua proposta para uma lei que abrangesse a cidade toda, exigindo que todos os moradores usassem higienizador de mãos de hora em hora. Theo achara o slogan atraente, embora categórico: "O prefeito disse: use álcool em gel, ou vamos colocá-lo numa cela."

Sob o intenso sol de verão, Joaquin olhou, encarou seu nervoso irmão mais jovem e suspirou.

— Escuta aqui, vovô... — resmungou Joaquin em resposta à acusação de Theo.

— Não use o nome de nosso avô em vão. E, pela última vez, isso é *esporte informal*, não aposentado chique. E é preciso que você saiba que está muito *na moda* este verão.

— Você nunca consegue simplesmente ficar frio? — observou Joaquin com irritação óbvia.

— É verdade, Theo, fica frio — reforçou Lulu Punchalower ao sair do banco da frente da perua. Estava vestida com uma velha camiseta, short de algodão e tênis Converse pretos. Lulu, a loura arruivada, de treze anos, havia ficado mais alta e ondulante no ano em que deixara a Escola do Medo. Mas, com seus olhos verdes que se reviravam frequentemente, Lulu ainda se destacava com a mesma vivacidade de sempre em meio ao seu mar de sardas.

Por fora, a nativa de Providence, Rhode Island, havia mudado muito pouco desde que ingressara na Escola do

Medo. Lulu permanecia birrenta, sarcástica, com uma grande tendência a falar o que pensava. Contudo, se alguém a observasse de perto, havia múltiplas, ainda que pequenas, mudanças. Ela agora era capaz de beber água e outras bebidas ao longo do dia, deixando de lado seu receio de beber líquidos por medo de usar banheiros sem janelas. Antes da Escola do Medo, ela havia sido uma claustrofóbica que fazia de tudo para evitar espaços fechados, inclusive se algemando a carros, toaletes e até pessoas desconhecidas. Felizmente, Lulu agora deixara a tarefa de carregar algemas para representantes da lei e alguns zelosos guardas de shoppings.

– *Fica frio* – repetiu Theo para Lulu. – Não imite o modo de falar do Joaquin. Ele é um desclassificado, um verdadeiro degenerado. Sabia que ele está em vias de repetir o terceiro ano? E não deixarão nem os delinquentes ficarem junto com ele porque acham que *ele* é que exerce má influência. Provavelmente pensam isso porque Joaquin andou roubando a rede Rite Aid. Isso *não é* uma boa coisa! – berrou Theo, cujos óculos ficaram embaçados com a intensa umidade.

– Theo, não seja ciumento. Seu irmão é apenas mais naturalmente maneiro do que você.

– A gente se vê, Lu – disse Joaquin antes de socar o punho de Lulu, cumprimentando-a, e rumar de volta ao carro.

— *Lu?* Você deu um apelido a ela? E eu? Nós somos carne e sangue, e eu lhe pedi um apelido anos a fio!

— Deixa pra depois, Theo — resmungou Joaquin ao bater a porta da van e dar partida.

— Não envergonhe nosso DNA, me dê um abraço de despedida! — gritou Theo quando a perua virou para ir embora. — Eu devia ter nascido italiano, eles apreciam a família... e macarrão.

— Lulu! Theo! — exclamou Madeleine com alegria ao sair caminhando de baixo do para-sol em direção aos amigos.

— *Isso sim* é uma reação correta ao ver um amigo — disse Theo, com olhar reprovador para Lulu antes de abraçar Madeleine.

— Vai relaxar ou não? Eu não sou muito chegada a abraços. Grande coisa — retrucou Lulu, oferecendo o punho fechado para Madeleine.

— Foi mal, Lulu, mas o que você espera que eu faça com isso? É como o jogo de mão, pedra, papel, tesoura?

— Essa é a forma como pessoas *maneiras* se cumprimentam! Elas trocam soquinhos com os punhos. Joaquin me ensinou; aparentemente, todo mundo faz assim, até o Obama.

— Tudo bem — disse Madeleine, animada, e trocou soquinhos com a Lulu. — Eu gosto mesmo de saber como os dignitários cumprimentam as pessoas.

Theo limpou a garganta ruidosamente, lançando olhares ferozes para Lulu.

– Só você não me abraçou...

– Eu troquei soquinhos com você. É a mesma coisa, Theo. Até a Maddie sabe disso, e ela é da *Inglaterra*.

– Há um monte de maneiras de cumprimentar as pessoas, Theo. Não devemos criticar a que Lulu prefere – disse Madeleine com calma. – No Japão as pessoas se curvam, e na França elas dão beijos no rosto.

– Ela *me agrediu com um soco*! – gritou Theo, com suor pingando de suas sobrancelhas, escorrendo sobre os óculos e rolando sobre as bochechas rechonchudas.

– Não! Você é que *caiu* no meu punho, o que torna isso um erro totalmente seu – explicou Lulu apaixonadamente.

– *Caí* em seu punho? Se isso fosse um tribunal, o juiz riria na sua cara. Talvez até cuspisse em seu olho – disse Theo, tentando enxugar a testa na manga da camisa. – Alguém tem um lenço? Estou me afogando aqui.

– Srta. Lulu, sr. Theo, sinto muito ter que interromper, mas...

– Oh, Schmidty – choramingou Theo com doçura ao gingar com os braços abertos em direção ao velho. – Eu senti tanto a sua falta! Houve até dias em que eu quase senti falta do Casu Frazigu, e, por favor, note que eu disse *quase*, portanto não ponha nem um pouquinho em minha comida.

— Caro sr. Theo, eu não sei o que dizer. Eu fico terrivelmente comovido que tenha pensado em mim e no gosto de Madame por queijo de larvas de mosca, de qualquer modo.

— *Schm*, você e eu somos como uma família, apesar de não sermos parentes — disse Theo, dramático. — Se não houvesse uma variedade de riscos para a saúde, eu espetaria meu dedo e tornaria você meu irmão de sangue.

— Você acabou de chamá-lo de *Schm*? — perguntou Lulu com aspereza.

— Oh, desculpe, você e *Joa* possuem um monopólio de apelidos? — revidou Theo.

— Como eu senti falta das intermináveis e inúteis discussões da srta. Lulu e do sr. Theo! — murmurou Schmidty para si mesmo.

— Ei, Schmidty — disse Lulu calorosamente, estendendo o punho, que Schmidty socou com boa vontade.

Para reforçar o fato de que até Schmidty sabia como trocar soquinhos amigáveis, Lulu lançou sobre Theo um olhar feroz vitorioso, que ele fingiu não ver. E quando Theo fazia de conta que não via nada, ele lançava o olhar dramaticamente da direita para a esquerda e, depois, do céu para o chão. Ele nunca fora muito chegado a sutilezas.

– Macarrão. Oh, Macarrão! – disse Theo com alegria ao abaixar-se perto do cão ofegante. – Você é mesmo o melhor amigo do homem, não que alguém pudesse se enganar achando que fosse Lulu.

Lulu olhou para Schmidty e Madeleine com uma expressão exasperada.

– Fiquei presa com ele por quase cinco horas – disse ela –, o que são quatro horas a cinquenta e cinco minutos além do meu limite.

– Srta. Lulu, pode me dizer como e por que vocês dois foram acabar no mesmo veículo?

– Foi ideia do Theo. De qualquer forma, meus pais não queriam fazer a viagem outra vez. Disseram que prefeririam jogar golfe.

– Esse é o agradecimento que eu recebo por salvar o planeta – disse Theo antes de fazer uma longa pausa. – *"Não é um crime fazer transporte solidário, é um procedimento ecologicamente necessário."*

– Foi ele mesmo quem escreveu isso – disse Lulu com cara de quem não queria dizer nada.

– Fui eu mesmo – disse Theo com orgulho. – Eu vejo grandes coisas para esse slogan, G-R-A-N-D-E-S.

– Por que você sente necessidade de soletrar *grandes*? Todos nós sabemos como fazer isso, Theo – disse Lulu, irritada.

— O importante é que vocês dois estão aqui. Eu estava tão ansiosa para vê-los e saber o que vocês andaram fazendo! – interrompeu Madeleine, numa tentativa óbvia de relaxar a tensão.

— Eu tinha esquecido que você usa estranhas palavras em inglês, como *ansiosa*. – Lulu sorriu com afetação. – Não é uma coisa ruim, eu apenas havia esquecido totalmente até este momento.

— Ah, os insultos indiretos de Lulu! Aposto que você também sentiu falta deles – disse Theo para Madeleine.

Sem saber como desarmar a situação, Madeleine resolveu que o melhor era sorrir. Enquanto sorria, sentiu algo rastejar em seu braço esquerdo. Sem pensar, Madeleine pulou e deu um tapa em si mesma.

— Oh, desculpe, eu pensei ter sentido alguma coisa em meu braço. Não uma aranha, é claro. Não que isso houvesse me perturbado, porque eu sou um tanto aficionada por aranhas agora. Eu apenas fiquei preocupada que fosse um beija-flor agressivo, mas por fim era apenas uma mecha de cabelo, é muito fácil confundir as duas coisas.

— Por que ainda estamos aqui fora? – gemeu Theo.

— Está úmido demais – concordou Madeleine sem firmeza. – Eu soube recentemente que dois tipos de besouros norte-americanos gostam de pôr ovos quando está úmido. Não é interessante?

– Eu já emagreci quase um quilo apenas bebendo água. Estou começando a me sentir uma modelo na passarela, só pele e ossos – resmungou Theo, ignorando por completo a observação de Madeleine.

– Bem, não se preocupe, Theo. Você certamente não se parece com uma modelo – replicou Lulu, baixinho.

– Preciso que você saiba que eu já fui modelo em minha vida – disse Theo, estufando o peito cheio de confiança.

Lulu se curvou para a frente, caindo na risada por uns bons trinta segundos antes de conseguir falar:

– Isso é uma grande mentira! Você... modelo. Rá-rá!

– É verdade! – revidou Theo, na defensiva.

– Oh, é mesmo? Então, me diga para quem você trabalhou como modelo.

– Para um artigo de uma revista infantil. Eu acho que o título da história era "Garotos-Rosquinhas: A Verdadeira História sobre Crianças Viciadas em Carboidratos" – disse Theo delicadamente, antes que Lulu caísse novamente na risada. – Isso conta para a carreira de modelo!

– Schmidty, por favor, Garrison retornará para o verão? – implorou Madeleine enquanto observava Theo e Lulu discutindo.

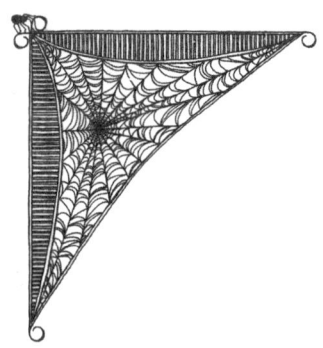
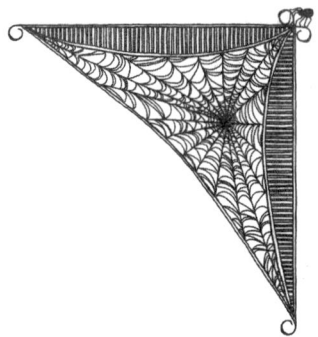

TODO MUNDO TEM MEDO DE ALGUMA COISA:

Eritrofobia é o medo

de ficar ruborizado.

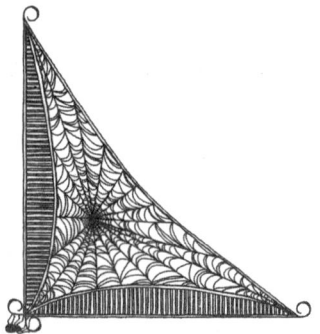
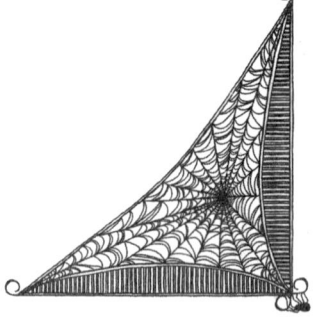

Madeleine, Lulu, Theo, Schmidty e Macarrão ficaram emburrados por terem de esperar pela chegada de Garrison Feldman, de quatorze anos. Embora o garoto estivesse tecnicamente apenas dez minutos atrasado, a forte umidade fazia com que parecesse uma hora. Enquanto esperava, Theo se espremeu na cadeira de jardim de Macarrão, imitando a posição do cão deitado de costas com os braços e pernas erguidos para o alto.

Quando Lulu se preparava para lançar uma crítica ao comportamento bobo de Theo, um Jipe conversível tocando reggae dobrou a esquina, com ninguém menos que Garrison Feldman no banco da frente. Parecendo uma filmagem cinematográfica, a luz do sol formava uma perfeita silhueta de Garrison quando ele saiu do veículo. Havia ficado mais alto e muito mais bronzeado desde que Lulu, Madeleine e Theo o tinham visto pela última vez, um ano antes. Seus cabelos louros, antes elegantemente penteados, agora pendiam numa confusão desgrenhada em torno do rosto.

Mesmo trajando calção de surfista, uma velha camiseta e chinelos, não havia como negar: o garoto era lindo. Garrison, de quatorze anos, pegou a mala e a prancha de *morey-boogie*, e depois abriu um sorriso magnético para o grupo, deixando todos imediatamente hipnotizados. Até Theo sentiu-se cativado por sua aparência impressionante, ou talvez fosse porque a pele bronzeada de Garrison o fizesse pensar em batatas fritas do McDonald's.

– Como vai? – disse Garrison ao estender a mão para apertar a de Schmidty.

– Bem-vindo de volta, sr. Garrison – disse Schmidty com um sorriso.

Garrison retribuiu o sorriso antes de estender a mão a Theo, que empregou força total, envolvendo-o num gigantesco abraço de urso.

– Você é meu homem, Gary! Os garotos estão juntos outra vez! Vamos seguir com nossa relação!

— Não me chame de Gary – disse Garrison ao empurrar para longe um Theo que transpirava. – E, decididamente, não use a palavra *relação*. Nunca. Nem quando estiver sozinho.

— Nossa, você deixou seu rosto marcado na camiseta dele! – exclamou Lulu, apontando para a silhueta suada que Theo havia deixado para trás.

Felizmente, Garrison não notou, pois já se encaminhava na direção de Madeleine, que estava vermelha como uma beterraba, absolutamente ruborizada pela expectativa. Embora nunca houvesse confessado isso a ninguém, Madeleine pensava em Garrison sempre com carinho, em especial nos dias frios e cinzentos de Londres. Mas agora que ele se encontrava ali, diante dela, ela sentia-se esmagada por sua paixonite.

— Maddie...

— Olá, Garrison. Você teve uma viagem tranquila de Miami até aqui? – perguntou Madeleine, nervosa, falando com uma velocidade excessiva.

Antes que ele pudesse responder, Madeleine lhe deu um rápido abraço e depois desviou os olhos, embaraçada. Sentindo o constrangimento no ar, Lulu lançou o braço esquerdo sobre os ombros de Garrison e bagunçou seu cabelo.

— O que há com esse cabelo? Está mais comprido do que o meu.

— Sou um surfista agora — proclamou orgulhoso o garoto antes hidrofóbico. — É assim que os caras usam o cabelo.

— Hum, isso não é uma prancha de *morey-boogie*?

— Por que você sempre tem que apontar as falhas das pessoas, Lulu? — repetiu Theo. — E não pense que eu não notei que você deu um abraço bem apertado nele.

— Tanto faz.

— Caros senhores e senhoras, por mais que me doa interromper essa conversa altamente intelectual, Madame está esperando, e vocês sabem como ela é idosa. Ela pode mesmo morrer a qualquer momento... — concluiu Schmidty.

Pela primeira vez os estudantes olharam para além de Schmidty, para uma grande engenhoca de metal na base da montanha. Ela se parecia um pouco com uma grande gaiola de metal ou, talvez mais morbidamente, com uma pomposa cela de prisão.

— O que é aquilo? — perguntou Lulu. — Não que eu tenha medo, porque eu ando de elevador sem problemas agora, e não que aquilo seja sequer um elevador. De modo que, humm, o que é aquilo exatamente, Schmidty...?

— É a mais recente aquisição da Escola do Medo: o Bonde Vertical de Summerstone — explicou Schmidty enquanto despertava Macarrão de sua sonolência provocada pelo calor.

— É um *BVS* bem bonito — disse Theo com um ar de conhecedor.

— BV o quê? — perguntou Lulu com as sobrancelhas erguidas.

— Eu tomei uma decisão executiva...

— Mas você não é um executivo...

— Tudo bem, tomei uma decisão *não executiva* de criar um acrônimo. E, deixe-me dizer, acrônimos estão no auge da moda em Nova York.

— Garotos, antes que vocês entrem no BVS, como o sr. Theo o chamou, o Mac precisa dar uma fungada para vasculhar objetos eletrônicos, pois, como se lembram, a sra. Wellington desaprova telefones celulares, assistentes digitais, Blackberries, computadores e todos os meios tecnológicos de comunicação. E, por favor, não pensem que eu não confio em vocês. É que Madame não confia. Nesta manhã, aliás, ela mal conseguia lembrar se gostava ou não de vocês.

Diante disso, o buldogue babão com grandes olhos caídos gingou em direção às bagagens dos estudantes. Macarrão então se assentou, as patas traseiras elegantemente posicionadas entre as dianteiras, e começou a bufar. Sabe-se que um buldogue simplesmente não consegue cheirar sem bufar; é uma impossibilidade absoluta. É mais provável que um deles fale inglês do que cheire sem bufar. Entre as cheiradas vociferantes, Macarrão também usava a língua, lambendo não apenas as malas, mas também as pernas dos garotos. E quando ele terminou tudo, lançou para Schmidty um olhar de entendimento antes de desfalecer sobre os paralelepípedos, exausto por desperdiçar tanta energia.

— Juro que não quero ser insolente, Theo, mas estou espantada que não tenha tentado contrabandear um celular — disse Madeleine com honestidade.

— O que posso lhe dizer, Maddie? Você está olhando para um *homem* mudado.

— Aí, cara! — disse Lulu com seu tradicional revirar de olhos. — Ele acha que é um *homem* agora.

Quando Theo franziu a testa com irritação, Schmidty puxou um grande molho de chaves do bolso de seu calção preto e começou a procurar a chave correta.

— Por que se dar o trabalho de trancar isso? Você achou que alguém ia querer dar uma voltinha? — perguntou Garrison, afastando as mechas louras do rosto.

— Eu estava planejando deixar a Madame explicar, mas como ela raramente fala coisa com coisa, supus que devia lidar com a situação — disse Schmidty antes de limpar a garganta. — Há vários meses Summerstone tem sido alvo de um ladrão muito persistente. Eu acredito que nós estamos no roubo número sete, ou será o oitavo? O número, na verdade, pode ser mais alto, porque com frequência não conseguimos perceber o sumiço das coisas por alguns dias – acrescentou Schmidty, conduzindo os garotos para dentro do bonde e fechando a porta.

– Você falou com o xerife? – perguntou Madeleine quando o bonde começou a subir pela montanha.

– Claro que falamos com ele, mas ele está tão perplexo quanto nós.

– Só eu que estou sentindo, ou este é o passeio mais lento na história dos passeios? – perguntou Lulu com um sorriso tenso enquanto o bonde continuava a avançar e sacudir para o alto da montanha.

– Então não houve outros roubos na cidade, Schmidty? – pressionou Madeleine.

– Bem, não realmente...

– O que *não realmente* significa?

– Bem, houve um arrombamento na padaria Mancini, mas tudo que o ladrão levou foram cupcakes, de modo que o xerife tem toda a certeza de que o jovem Jimmy Fernwood está por trás da coisa. Sua mãe o mantém numa dieta severa de restrição de açúcar...

– Sempre culpando os garotos gordos – criticou Theo. – Isso é discriminação racial.

– Theo, lamento informá-lo, mas garotos gordos não constituem uma raça – explicou Madeleine.

— Cara, está ficando abafado aqui dentro! Está difícil respirar — disse Lulu com uma expressão tensa.

— Lulu, estamos ao ar livre — respondeu Garrison.

— Será que alguém mais está ouvindo esse som de grilos? — perguntou Madeleine com um tom ansioso. — Só por curiosidade, a que distância vocês acham que eles estão? Vocês não acham que estejam no bonde conosco?

— Esta coisa tem um fone de emergência, rádio ou foguete de sinalização, Schmidty? — interrompeu Lulu bem quando o idoso se preparava para responder à pergunta de Madeleine.

— Temo que não, srta. Lulu. Você conhece Madame, nada de tecnologias duvidosas.

— Sinto vontade de me levantar — disse Lulu quando uma palpitação familiar por trás de seu olho esquerdo começou. Pois, até onde ela podia se lembrar, o medo sempre se manifestava como uma sensação de palpitação aguda por trás do olho esquerdo.

— Mas você *está* em pé, Lulu! — explicou Madeleine docemente.

— Hum... — disse Lulu, franzindo o rosto — já estamos lá? Parece que ficamos aqui por horas.

— Estamos quase chegando, srta. Lulu — disse Schmidty quando o BVS deu um solavanco e parou no topo da montanha.

Lulu abriu caminho para fora do BVS antes de todos, depois se curvou com as mãos sobre os joelhos e recuperou o fôlego.

— Você sabe que eu não sou do tipo briguento, Schmidty, mas esta coisa pode causar uma ação judicial violenta a qualquer momento. Estou um tanto surpreso que Munchauser tenha deixado você pôr isso aqui – disse Theo, seguindo o velho que saía do BVS.

— Ugh, Munchauser! Só de dizer esse nome fico com um gosto azedo em minha boca – disse Schmidty, parecendo um gato vomitando uma bola de pelos.

Garrison, o último a sair do BVS, havia acabado de colocar o pé direito em terra firme quando o bonde caiu sessenta metros até a base da montanha. As barras de metal se chocaram com o chão, produzindo uma série de sons trovejantes.

— Deus do céu! – guinchou Theo ao cair de joelhos e cobrir a cabeça com as mãos. – O ladrão está tentando nos matar! Isso foi um tiro!

— Como me dói desapontá-lo, sr. Theo, mas ninguém está tentando matá-lo.

— Ainda – interrompeu Lulu.

— Eu só me esqueci de puxar o breque do BVS. Tenho uma tendência a fazer isso.

— Schmidty, eu poderia ter caído a sessenta metros e me arrebentado lá no chão! Você tem ideia do que um acidente como esse pode fazer ao corpo de um atleta? Eu não achei que fosse possível, mas isso é pior do que o guindaste de madeira com que você nos trouxe no ano passado – disse Garrison, furioso. – Quer dizer, claro, a madeira era quebrada e remendada com fitas de borracha e cola, mas pelo menos não deixava a gente cair!

— Sinto uma dor de cabeça de tensão chegando – disse Theo, massageando as têmporas. – Nem vimos a sra. Wellington ainda e já não consigo respirar, e minha cabeça está rachando.

— Hum, caso você tenha esquecido, Theo, foi Garrison que quase despencou sessenta metros, não você – disse Lulu de forma ferina.

— Sempre se prendendo a detalhes – disse Theo, aproximando-se do grande portão de ferro trabalhado de Summerstone. O velho portão de entrada enferrujado era ligado a um muro de ardósia elevado que cercava a ilha de dezesseis hectares no céu.

O quarteto seguiu Schmidty e Macarrão pelo portão de Summerstone, onde se depararam com uma visão muito estranha. O gramado verde manchado estava coberto com espantalhos trajados de smoking, avisos dizendo CUIDADO COM A RAINHA DA BELEZA e armadilhas aparentemente infindáveis. Cordas grossas cruzavam o gramado tanto vertical quanto horizontalmente, ligando latas a escadas de mão, que eram ligadas a baldes ligados a redes que, por sua vez, eram ligadas a objetos de metal de formato bizarro que, também, eram ligados a pequenos frascos de vidro ligados a gaiolas, a sinos e muito mais.

— Schmidty, você sabe que eu gosto de ser tão esperto quanto o vizinho. Todo Natal eu faço meus próprios enfeites com um pouco de cola e glíter. Mas tenho de lhe dizer que, quando se trata de segurança doméstica, você precisa de um profissional, nada dessa zorra tipo faça-você-mesmo.

O velho simplesmente encarou Theo, estupefato. A resposta não precisava ser dada: isso era segurança ao estilo da sra. Wellington.

CAPÍTULO 4

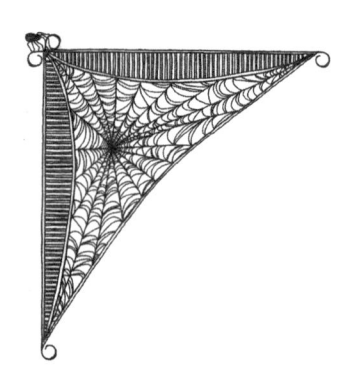

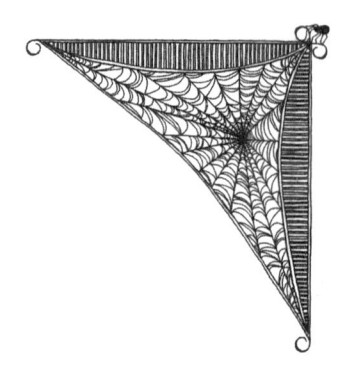

TODO MUNDO TEM MEDO DE ALGUMA COISA:

Celerofobia é o medo

de ladrões.

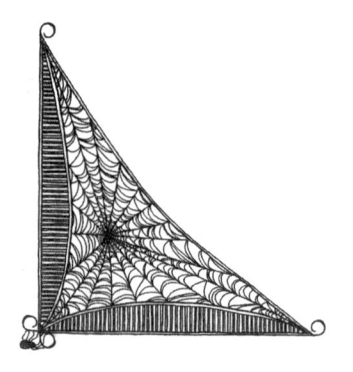

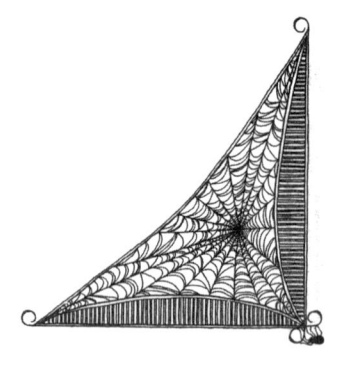

O vestíbulo de Summerstone era maior em escala do que os de mansões comuns, mas, de qualquer modo, aquela certamente não era uma mansão comum. O papel de parede com flores-de-lis cor-de-rosa se enchera de bolhas e empenara, prova de seus muitos anos no lugar. Hidrângeas de um cor-de-rosa pálido recém-cortadas se erguiam no alto da mesa redonda da entrada, à esquerda da qual uma parede inteira era dedicada às fotos de concursos de beleza emolduradas da sra. Wellington.

Os garotos colocaram sua bagagem na base da escada, perto da qual Macarrão deitou-se pesadamente, com as patas estendidas por baixo de si.

– Parece que o Macarrão se esfalfou com todas as dormidas, gingadas e bufadas desta manhã – disse Schmidty.

Enquanto Macarrão roncava, Schmidty guiou o quarteto para o Grande Salão. Ao longo do ano, cada um dos estudantes havia pensado no Grande Salão e se perguntado se suas lembranças eram de fato precisas ou se suas recordações haviam se tornado mais fantásticas e extravagantes do que a realidade. Theo havia tentado explicar o inacreditável desenho do espaço para seus pais, mas, como tinha grande reputação de ser um exagerado, nem a mãe nem o pai levaram a descrição muito a sério. Fazendo justiça aos Bartholomew, o Grande Salão não parecia mesmo real. Afinal, com que frequência alguém entra num salão majestoso com um aparentemente infindável emaranhado de portas do mesmo tipo decorando praticamente cada centímetro do espaço do piso às paredes até o teto? Portas em formato de fechaduras e relógios de bolso se erguiam junto a portões de celeiros e laterais de um avião. Algumas portas eram tão pequenas que apenas um rato poderia usá-las, enquanto outras surgiam tão enormes que um ônibus inteiro poderia passar por seus batentes. E, lá longe, na ponta extrema do extenso corredor, havia um retrato em vitral, do piso ao teto, da sra. Wellington em seus dias de glória como rainha da beleza, portando coroa e tudo o mais.

Embora nenhum deles pudesse ter imaginado, o salão era mais espetacular e bizarro do que haviam se lembrado. Era necessário certo grau de absurdo e loucura para criar tal mansão. Aquela era um casa que só a sra. Wellington poderia ter construído.

Schmidty conduziu os garotos às portas duplas brancas e douradas, que abriu com força, exibindo tanto a sala de estar quanto a sala de aula.

— Apresento-lhes sua honorável, elegante e altamente jovial professora, sra. Wellington — falou Schmidty em tom monótono, como se recitasse um texto decorado.

A sra. Wellington virou-se para os garotos com uma expressão vazia. Não que eles notassem isso: estavam distraídos demais pela visão de seu rosto pesadamente maquilado. Era óbvio que a velha senhora não concordava com o lema de "menos é mais" em se tratando de maquiagem. Num traje cor de lavanda sem mangas, com uma saia e um lenço cinzento, a sra. Wellington veio rebolando em direção ao quarteto com um sorriso constrangido. Ela passou as mãos sobre sua curta peruca castanha um pouco desgrenhada antes de se deter junto a Schmidty.

– Quem são esses jovens?

– Seus alunos, Madame. Será que a senhora não se importaria de saudá-los?

– Você quer dizer meus *concorrentes*? – perguntou a sra. Wellington, desconfiada.

– Sim, Madame, são seus concorrentes que retornam: a srta. Lulu, o sr. Theo, o sr. Garrison e a srta. Madeleine.

– Não, você está enganado, meu velho, esses não são os meus concorrentes.

– A birutice está começando – murmurou Lulu para si mesma.

– O Gorducho é pelo menos quatro centímetros mais baixo e decididamente um pouquinho mais leve, e o cabelo do Esportista era arrumado e nem tão louro, e quanto à Lulu...

– Madame, temos que passar por isso de novo? – disse Schmidty com um suspiro de exasperação. – Concorrentes crescem todo ano, assim como o seu cabelo.

– Aquele sim que foi um tempo bom! Cortes de cabelo, xampu, condicionador... Eu fico com lágrimas nos olhos só de lembrar. – A sra. Wellington parou de falar para secar os olhos com seu lenço de mão cor de lavanda. – Então, estamos mesmo seguros de que estes assim chamados concorrentes não são impostores? Você sabe como me sinto quanto a impostores. Eu não gosto de siri falso, quanto mais de gente assim.

– Claro, Madame, mas eu lhe asseguro que estes são seus concorrentes.

– Talvez devamos trancá-los na casinha do jardineiro e mandar buscar registros dentários, para ficarmos em terreno seguro?

– Madame, eu acho que essa ideia seria desaprovada por seus pais e até pelo xerife.

– Bem, e se for roubo de identidade? Você não deve esquecer o que aconteceu comigo.

– Esquecer quem você é não pode ser considerado roubo de identidade.

– Muito bem – disse a sra. Wellington enquanto acariciava a macia pele cinzenta em torno de seu pescoço. – A caxemira não é mais o que costumava ser; este lenço está cheirando a miúdos de ave.

– É porque é uma gata, Madame.

De fato, era uma gata. A sra. Wellington trazia uma gata cinzenta enxuta envolvendo elegantemente seu pescoço.

– Não seja ridículo – disse a sra. Wellington antes de fazer uma pausa para olhar para baixo. – Embora pareça ter uma boca. Oh, que importa! *Você diz tumate, eu digo que é tomate; você diz que é um gato, eu digo que é um pato* – cantou a sra. Wellington desafinadamente, inspirada naquela tradicional música norte-americana "Let's call the whole thing off". – Agora, então, concorrentes, ocupem suas cadeiras – anunciou a sra. Wellington removendo Fiona, a gata, de seu pescoço e colocando-a no chão.

Madeleine, Lulu, Theo e Garrison ocuparam suas cadeiras na extravagante sala de aula da mansão. As carteiras folheadas de prata dos estudantes, dispostas em duas por fileira, decresciam em tamanho, do normal ao minúsculo. À frente da sala de aula, a sra. Wellington se inclinou contra sua grande mesa folheada a ouro e balançou a cabeça em concordância algumas vezes. Madeleine ficou de olhos arregalados, intrigada com o que a idosa poderia estar concordando. Afinal, ninguém havia dito nada nos últimos minutos. Não desejando ser impertinente, Madeleine sorriu e balançou a cabeça em concordância como resposta.

– O que é isso? Vocês duas estão fazendo sinais uma para a outra? – perguntou Theo dramaticamente a Madeleine.

– Oh, meu Deus, Theo. Eu só estava tentando ser educada, já que a sra. Wellington estava concordando com a cabeça.

– Ok – interrompeu Lulu com violência. – Sra. Wellington, com quem estava concordando?

— Sim — resmungou Garrison quando Lulu terminou.
— Na verdade, eu não me importo.
— Mas que invasão de privacidade! Vocês todos deviam se envergonhar de si mesmos — disse a sra. Wellington, melindrada. — Eu estava concordando *comigo mesma*. Francamente, uma mulher não pode ter uma conversa particular consigo mesma sem vocês, desajustados, ficarem escutando como abelhudos?

— Bem, não posso falar pelos outros, mas eu não escutei nada — disse Theo com sinceridade.

A sra. Wellington suspirou e balançou a cabeça em assentimento para Theo.

— Isso foi para mim, ou a senhora está tendo outra conversa consigo mesma? — soltou Theo. — Serei o único que acha esse negócio confuso?

— Não temos tempo para sua confusão, Theo. Estamos no meio de um alerta de segurança. Temos um código magenta com um salpicado de verde-azulado, e você sabe como *isso* é sério.

— Eu, não — respondeu Theo depressa.

— Sem querer ser insolente, sra. Wellington, já que não sou americana, mas eu acredito que a cor do sistema de segurança da minha terra natal vai do verde ao vermelho, sem parar no magenta ou no verde-azulado.

— Terra natal? Isso é alguma espécie de comunidade hippie? Estou falando sobre as Cores dos Crimes em

Concursos de Beleza. Você não aprendeu nada na escola? Todo mundo sabe que magenta é roubo e verde-azulado é comportamento estranho de um homem misterioso.

– Não posso acreditar que a senhora nos trouxe para cá no meio de uma onda de crimes. Muito obrigado, Madame – disse Theo enquanto balançava a cabeça. – Eu poderia muito bem ter me internado no meio de uma penitenciária!

– Sim, sem mencionar o fato de que, se a senhora não tivesse nos arrastado para cá, eu poderia estar jogando Wii neste exato momento – acrescentou Lulu.

– Como ousam? Eu os trouxe de volta para cá porque vocês *precisam de mim*! Vocês estão longe de estar curados de suas fobias. O fato de que eu não fui capaz de encontrar uma equipe de segurança que tivesse vontade de ajudar na investigação do roubo em troca de fotos de concurso de beleza autografadas não teve peso em minha decisão.

– Sra. Wellington, nós já conseguimos. A senhora está enganada. Nos sentimos comovidos com sua preocupação, mas estamos curados – disse Theo, amável.

– É mesmo?

– É, sim – confirmou Theo, levantando-se para tirar a camiseta. – Oh, minha nossa! Estou tão envergonhado! Não posso acreditar que eu deixei de retirar a minha faixa de monitor do corredor da escola. Isso é apenas uma das muitas coisas que consegui realizar depois que fui curado dos meus medos no verão passado. E, sim, eu disse *MONITOR DO CORREDOR DA ESCOLA*. É isso mesmo, companheiros, um *cargo decidido por eleição.*

– Theo, isso é muito impressionante – disse Madeleine com candura. – Talvez você possa me contar sobre a campanha mais tarde.

– Aposto que você era o único candidato – acrescentou Lulu, baixinho.

– Bem, essa foi demais, bem, não é uma mentira, tecnicamente, mas decididamente perversa.

– Ok, então você é um monitor de armários, mas e quanto aos seus medos? – interrompeu a sra. Wellington.

– É monitor do *corredor da escola*, e meus medos, bom, eles estão indo muito bem. Quero dizer, estão bem no topo: é onde eu coloco meus medos, bem no alto do meu armário, que está no corredor que eu monitoro, porque sou um *monitor do corredor da escola* – disse Theo com uma risada forçada, e depois continuou: – Basicamente, sou um *homem livre*.

– Devo entender que com sua declaração de que é um homem livre você quer dizer que você não telefona mais para os membros de sua família a todo momento?

— De modo algum! Eu tenho corrido pela cidade de Nova York, pegado ônibus, pulado em metrôs, comido em todos os restaurantes duvidosos, e geralmente deixando as cautelas de lado, um total renegado de óculos. Este é na verdade meu apelido nas ruas: o Renegado de Óculos, que também foi *eleito* monitor do corredor da escola. E é bom saber que, se ninguém se candidatar contra você, será ainda considerado um oficial eleito.

— Eu não sei por que você está tão orgulhoso. É provável que ninguém *goste* de oficiais eleitos – disse Lulu com franqueza.

— Isso não é verdade. Meu pai gosta muito do presidente do... Clube dos Alces, muito mesmo – disparou Theo na defensiva.

— E quanto ao restante de vocês? Estão todos *curados*? Madeleine?

— Como a senhora pode ver, estou sem véu e repelentes. E embora eu não fique entusiasmada com aranhas ou insetos, eles não ficam assombrando todos os meus pensamentos. Isso agora ficou para trás, bem como minha necessidade de dedetizar aposentos, lavar com ácido bórico ou usar Wilbur, o exterminador. Eu estou um tanto orgulhosa por dizer que, no começo deste ano, eu até... acariciei uma... barriga... peluda... de aranha... no parque Holland, como simples atividade de lazer – balbuciou Madeleine, sem jeito.

– Lulu?

– Hum, eu pego elevadores e fecho a porta de banheiros mesmo quando eles não têm janelas. Estou cem por cento curada. Posso ir para casa agora?

– Oh, meu pequeno papagaio ruivo, você certamente não perdeu seu atrevimento. Esportista?

– Papagaio? – fez Lulu com a boca para Theo antes de revirar os olhos.

– *Oh, sou Lulu, e minha vida é tão difícil porque todo mundo me dá apelidos bonitinhos, mesmo eu sendo tão malvada...* – pronunciou Theo numa voz feminina queixosa.

– Gorducho, eu creio que estava falando com o Esportista – disse a sra. Wellington, seus lábios mergulhando num tom mais escuro. Devido a capilaridades superdesenvolvidas, seus lábios escureciam sempre que ela ficava embaraçada, irritada ou furiosa.

– Toda manhã eu me levanto às seis horas para ficar na praia por uma hora, pegar algumas ondas, entrar no mar – respondeu Garrison. – É bem impressionante. Sou um rato de praia, a água é a minha vida agora. De modo que foi legal ver a senhora, mas as ondas estão me chamando agora, se é que entende o que eu digo.

– Bem, suponho que terei que deixá-los ir para casa, então. E, por favor, não se preocupem com Schmidty, com os animais ou comigo, nós vamos nos virar. Embora pudesse ser de grande ajuda ter todos os seus olhos e ouvidos para impedir esta besta humana de roubar meus objetos mais preciosos...

— Oh, querida! — disse Madeleine, dando um grito sufocado. — Ele levou bens de família?

— Pior! Levou minhas perucas! O ladrão roubou todas, exceto a que estou usando. Vocês têm ideia de quanto tempo a sra. Luigi leva para deixar seu cabelo crescer para fazer uma de minhas perucas? Três anos! E não são apenas elas, o ladrão também levou quatro coroas, seis faixas, um prato de biscoitos de Casu Frazigu, duas fotos de concurso de beleza emolduradas, quatro batons e uma lixa de unhas. Logo não restará nada senão minha cabeça careca.

— Quem poderia *querer* essas coisas? — perguntou Garrison.

— Uma velha concorrente de concurso que está louca para se vingar. Todos sabem que uma rainha da beleza não é nada sem seu cabelo.

— Mas suas rivais de concurso de beleza não estão todas mortas a esta altura? — perguntou Theo.

— Preciso que você saiba que pelo menos três de minhas rivais estão vivas... em asilos. E você ficaria surpreso como elas podem se mover depressa com um andador e um tanque de oxigênio. Eu coloquei Munchauser no caso. Está investigando as senhoras e me envia atualizações semanalmente.

– Aposto que é o cara lá da floresta que está roubando suas coisas. A senhora sabe, o Abernathy? Seu maior fracasso, o único estudante que a senhora não conseguiu ajudar... blá-blá-blá – pronunciou Lulu num tom entediado.

– É terrivelmente suspeito que Abernathy apareça sempre durante os roubos. Mas é impossível. Ele simplesmente não poderia ser o ladrão: ele morre de medo de entrar em Summerstone – disse a sra. Wellington, esfregando o queixo.

– Eu não sou Sherlock Holmes, embora, com um pouco de treinamento, até pudesse ser, mas é óbvio que Abernathy está trabalhando em parceria com alguém. Ora, vamos lá, sra. Wellington, nunca leu Nancy Drew? Quero dizer, não precisamos do CSI para resolver isso – finalizou Theo.

– Abernathy nunca teve nenhum amigo. A probabilidade de ele encontrar um cúmplice parece altamente improvável. Ele mora na Floresta Perdida. Quem ele iria alistar? Um esquilo?

– Talvez não um esquilo, mas a senhora ficaria surpresa com o que os quatis podem fazer – disse Theo com ar conhecedor. – Eles têm polegares opostos e grande visão noturna. São ladrões de nascença.

– Bem, está explicado! Os quatis estão por trás da coisa. Acho que é hora de pegarmos a estrada – disse Lulu, decidida.

– Sim, suponho que seja. Mas só uma coisa antes de vocês irem embora – disse a sra. Wellington com um sorrisinho afetado.

CAPÍTULO 5

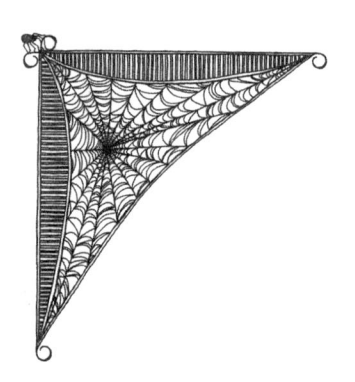

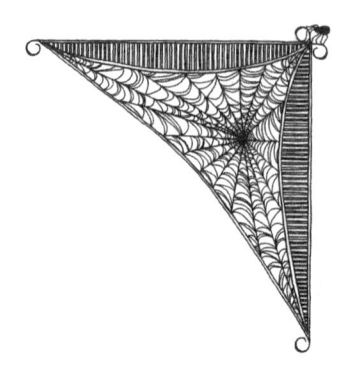

TODO MUNDO TEM MEDO DE ALGUMA COISA:

Ornitofobia é o medo

de pássaros.

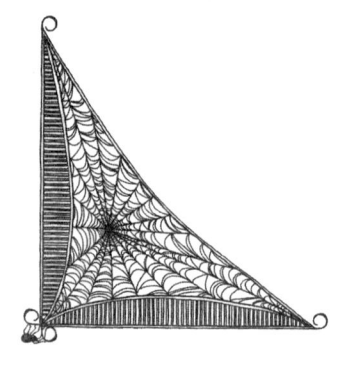

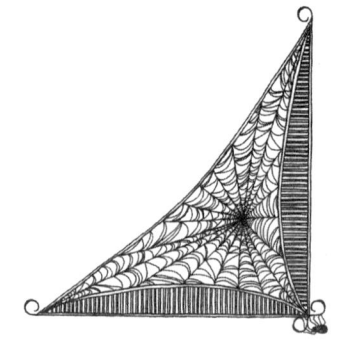

— Schmidty, por favor, traga as luzes – disse a sra. Wellington com malícia ao virar-se para o projetor e colocar um slide no foco. – Aqui temos a adorável srta. Lulu Punchalower ao meio-dia e meia no hall de entrada do prédio onde fica o consultório de seu dentista na avenida Brystale. E, será que posso acrescentar? Que bairro lindo esse em que você vive! Eu adorei todas as árvores e moitas de arbustos.

– Hum... isso é total invasão de privacidade. Eu poderia processar a senhora – retrucou Lulu.

— Certamente. Eu acho que você já conhece meu advogado, Munchauser — disse a sra. Wellington gelidamente, sustentando o olhar de Lulu.

— E aqui está Lulu novamente à uma e dez, ainda esperando que "aconteça" de alguém subir no elevador com ela, o que, para sua sorte, finalmente ocorre à uma e meia, fazendo-a se atrasar apenas uma hora para a consulta. Depois, vêm as falsas idas ao banheiro quando sai com a família...

— Lulu, estou horrorizado. Nada é sagrado? — berrou Theo, balançando a cabeça.

— E daí? Então, talvez eu goste que alguém me acompanhe no elevador ou de fingir entrar em pequenos banheiros. Grande coisa! Posso não estar totalmente curada, mas *um pouquinho curada* é mais do que suficiente para me fazer enfrentar a vida — disse Lulu com indignação.

— E agora vamos para Londres...

— Com certeza a senhora não mandou alguém atravessar o Atlântico para me inspecionar? — perguntou Madeleine, tensa. — Passar pela alfândega sozinho é uma dor de cabeça muito grande, sem mencionar o câmbio atual.

— Nunca subestime uma rainha da beleza com muitas milhas de voo — disse a sra. Wellington com um riso abafado. — Madeleine, parece que você quase esvaziou seu cofre de economias com pagamentos por baixo do pano para Wilbur, o dedetizador.

— Não é um *cofre de economias*! É um fundo de viagens.

— Oh, peço desculpas, querida. Um fundo de viagens soa muito mais digno de surrupiar em nome de dedetizações de quarto e armação de redes. Sim, querida garota, nós temos fotografias do véu que você tem usado para dormir, despertando cedo para sumir com ele antes que seus pais o encontrem. Absolutamente vergonhoso.

— Eu não acredito que a senhora tenha ido tão longe só para me vigiar. Uma carta teria bastado — disse Madeleine, melindrada, para a sra. Wellington.

— Tenho que deduzir que você teria me dado uma informação honesta? Acho que não.

— Oh, eu tentei, sra. Wellington! Mas houve uma praga de besouros de palmito no Reino Unido, alguma coisa relacionada ao aquecimento global...

— *Não espere pela aposentadoria para salvar a ecologia* — proclamou Theo com orgulho.

— Eles ficaram me bombardeando com imagens na televisão. Eu não podia correr o risco de que um mutante andasse na ponta dos pés sobre meu rosto à noite com todos os meus sentidos afundados nas ondas REM. Os besouros poderiam pôr ovos em meu cabelo, em minhas sobrancelhas e até nas minhas pestanas. Eu simplesmente não podia permitir que uma coisa dessa acontecesse... – Madeleine foi perdendo a voz, baixando a cabeça de desgosto.

– Então, vamos ao... surfista – disse a sra. Wellington, olhando Garrison com suspeita.

– É isso aí, está certo. Sou um surfista. Amo a água – falou Garrison, numa voz estridente.

– Bem, você tem o traje de banho – disse a sra. Wellington, colocando um slide. – E o bronzeado, e o...

– Sinto interromper, mas tenho que dizer isso. Eu acho que Garrison está bronzeado demais. Ele visivelmente precisa ser lembrado dos perigos do sol – disse Theo, com ar de conhecedor. – Ele vai se transformar numa uva-passa antes de chegar aos trinta, se continuar assim. E amigos não deixam amigos crescerem para se tornarem uvas-passas.

– Como eu estava dizendo, Garrison – continuou a sra. Wellington, sem qualquer consideração ao comentário de Theo. – Você pode ter o bronzeado e a prancha, mas ser um surfista de verdade? Não, você não é. No entanto, eu lhe dou um crédito: certamente foi exigido um grande esforço para despertar, descer até a praia, ficar todo cheio de areia, molhar o cabelo no banheiro público e depois rumar para a escola.

— Banheiro público na praia? — murmurou Theo para si mesmo, repugnado. Só pensar nisso fazia com que sentisse vontade de tomar um banho de álcool em gel.

— As correntes são como braços me puxando para diferentes direções. Eu só aprendi nado de cachorrinho numa piscina. E todas essas tempestades tornam o mar ainda mais instável. E há também os tsunamis, os furacões, as inundações... é muito! Vocês não podem contar a ninguém, por favor! É minha ficção. Meu pai até parou de fazer gozação comigo... eu não posso voltar àquele tempo.

— Você não pode construir uma casa sobre uma fundação vacilante — disse Theo, balançando a cabeça sentenciosamente para Garrison.

— Oh, agora você se tornou um operário de construção? — protestou Garrison.

— Francamente, Theo! Nunca vi alguém sentir tanto prazer com a infelicidade dos outros. Você devia se envergonhar — declarou Madeleine, enfática.

Theo ficou branco. Colocou a mão dramaticamente sobre o peito, ferido pelo comentário de Madeleine.

— E agora, vamos ao Gorducho.

— Não precisa perder tempo comigo. Tenho sido um sonho. Claro, há raras ocasiões em que me preocupo com alguma coisa, mas nunca é nada irracional. Só coisas do dia a dia, como devolver os livros da biblioteca dentro do prazo, porque, deixem-me dizer, aquele níquel que se paga pelo atraso todo dia pode realmente crescer...

– Gorducho, eu nem vou me deter nos horríveis disfarces que você usou para espionar os membros de sua família ou nos relatórios que você mandou para seus pais sobre as saídas de seus irmãos.

– A senhora não pode contar isso a eles! Eles me matarão! Eu apenas os convenci de que era o porteiro por trás disso. Eles têm jogado nele ovos fermentados da loja coreana de importados, eu sei, mas ele é um cara forte. Pode suportar.

– Não se preocupe, Gorducho. Eu estou muito mais interessada em discutir seu plano pessoal de desflorestamento.

– Certos ambientalistas...! – zombou Lulu.

– Hum, Lulu, você não ouviu meus slogans? Eu sou totalmente favorável ao meio ambiente – disse Theo, antes de se virar para a sra. Wellington. – Aquela coisa toda sobre árvores foi um simples mal-entendido. Eu pensei que o homem do noticiário tivesse dito gripe dos *pinheiros*. Quero dizer, quem é que chama os porcos de *suínos*? Por que não chamá-la gripe dos porcos? A culpa é realmente desses repórteres que usam esses nomes fantasiosos.

— Eu acho que você precisa de ajuda — disse Lulu a Theo —, e não quero dizer isso de um modo gentil ou afetuoso.

— Bem, ele certamente não é o único aqui, ou é? — interveio asperamente a sra. Wellington. — E que posturas abomináveis são essas? Ora, é como se a evolução nunca houvesse acontecido!

Os concorrentes de imediato jogaram os ombros para trás e sentaram-se retos como tábuas.

— Muito bem — disse a sra. Wellington friamente. — Agora que esclarecemos o fato de que vocês todos *precisam* estar aqui, há uma coisa que eu devo lhes perguntar. Algum de vocês por acaso foi descuidado e cochichou para algum desconhecido sobre nossa instituição, inadvertidamente inspirando-o a vir me roubar? Será que vocês não se lembram de ter conversado com algum careca desesperado pela necessidade de um pouco de cabelo?

Madeleine ergueu lentamente a mão.

— Estou absolutamente segura, isto é, positivamente cem por cento segura, de que não falei com ninguém sobre a Escola do Medo. Eu disse a todo mundo que passei o verão num acampamento de debates das Nações Unidas em Nova York.

A sra. Wellington fez um sinal de concordância, e depois se virou para Lulu.

— O quê? – disse Lulu, na defensiva, em resposta aos olhos fixos da sra. Wellington. – Eu disse a todo mundo que eu estava num centro de detenção juvenil!

— Uma mentira dolorosamente plausível – disse a sra. Wellington ao olhar para Garrison.

— Eu não disse nada. E até onde todo mundo da Flórida ficou sabendo, estive no acampamento de surfe Hawai no verão passado.

— E você, Gorducho? – perguntou a sra. Wellington com uma pesada dose de dúvida.

— Está guardado no cofre, um lugar que ninguém pode acessar, nem eu. Bem, não é totalmente verdade, porque é o *meu* cofre, mas a senhora sabe o que eu quero dizer.

— Não, Gorducho. Temo que não – disse a sra. Wellington, e seus lábios foram escurecendo. – Por favor, explique.

— Bem, eu planejei dizer para todos que eu estava numa escavação arqueológica ou num campo espacial, ou internado na Casa Branca. Alguma coisa empolgante, porque é o que as pessoas esperam de mim – disse Theo com orgulho. – Mas meu degenerado irmão, de quem devo dizer que Lulu se tornou imediatamente amiga, resolveu contar a todo mundo que, em vez disso, eu estava num acampamento para emagrecer.

– Uma história muito crível. Por favor, elogie seu irmão degenerado em meu nome – disse a sra. Wellington antes de esfregar o queixo e franzir as sobrancelhas.

– Sra. Wellington, agora mesmo a senhora mencionou envio de atualizações. Isso significa que enfim está recebendo mensagens? – perguntou Madeleine, empolgada.

– Não, srta. Madeleine – explicou Schmidty do fundo da sala. – Temo que seja muito mais rudimentar que receber cartas. Munchauser dita atualizações a um garoto do lugar que as transcreve num pedaço de papel. Ele então vem de bicicleta até a base de Summerstone e coloca o papel na caixa de correspondência, e eu a puxo para cima com um carretel usando um pequeno elevador manual.

– Isso parece *realmente simples*; com certeza jogarei fora meu celular quando voltar para casa – disse Lulu com sarcasmo. – Talvez eu até vá em busca de um pombo-correio.

– Sinto a necessidade de afirmar que pombos não são muito limpos, e não estou me referindo apenas à gripe aviária, a qual, aliás, não é como eu pensava anteriormente: um pássaro com nariz escorrendo e tosse. Sabe-se que os pombos carregam de tudo, de criptococose a percevejos – disse Theo com autoridade, e seu estômago roncou ruidosamente. – Estou morrendo de fome. Onde está o almoço?

– É às onze horas, Theo – disse Lulu, virando os olhos para cima.

– Eu mal tomei café da manhã. Estou tentando trabalhar no meu controle de porções. Mas vocês sabem como é pequena uma porção real de cereais, não é? É como quatro flocos de milho e metade de uma passa. Bem, corrigindo, uma passa inteira. Mas isso não é suficiente para um homem em fase de crescimento!

– Gorducho, não se preocupe. Nós teremos um almoço apropriado quando os novos concorrentes chegarem – anunciou a sra. Wellington com displicência.

ESCOLA DO MEDO

CAPÍTULO 6

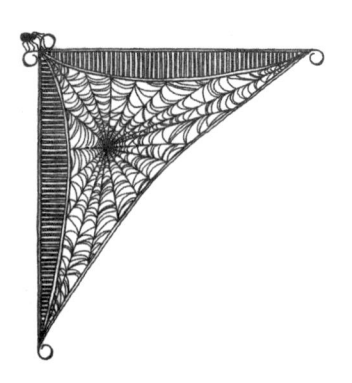

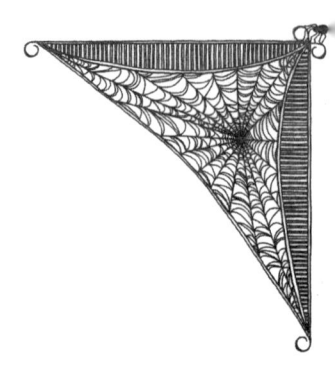

TODO MUNDO TEM MEDO DE ALGUMA COISA:

Isolofobia é o medo de

ficar sozinho.

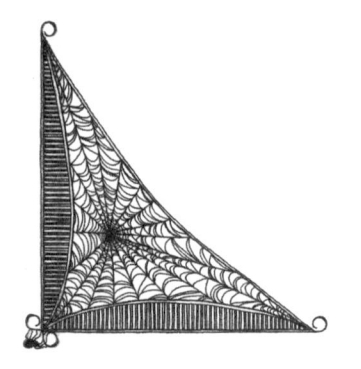

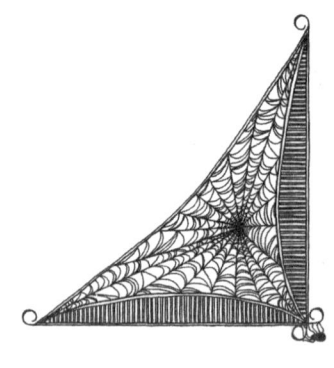

— *Acho que vou chorar hoje, porque estou indo embora! Sinto falta de papai e mamãe, e eles estão bem diante de mim agora* – cantava, desafinada, uma garotinha no banco traseiro de um Honda Civic, enquanto os pais, no banco da frente, balançavam a cabeça, aborrecidos.

– Filha, sua cantoria está me levando à beira da loucura – disse o homem indiano de meia-idade e com um sotaque carregado.

– Papai! Prometo que não cantarei mais pelo restante do verão. Só me deixe ficar com vocês! Por favor, papai! Por favor!

– Não, não podemos. Seus irmãos e irmãs entraram em greve. Eles dizem que você rouba todas as atenções, vinte quatro horas por dia. Você dá o trabalho de vinte filhos! Isso não pode continuar assim!

– *Mamãe, vamos do papai escapar. E numa plantação de arroz, nova vida começar!*

– Nós já falamos disso. É para o seu próprio bem e também para o bem de toda a família. Você não se preocupa com seus irmãos e irmãs? Você não quer que eles sejam felizes? – perguntou a mãe americana da garotinha no banco de passageiros.

– Não se a felicidade deles significar que terei que ficar sozinha.

– Você não vai estar sozinha. Você ficará com uma professora e outros estudantes por todo o verão.

– Grande coisa...

– E, por favor, tente não cantar...

☙

Nunca se viu uma expressão tão desgostosa quanto a do rosto de Lulu assim que ela soube que outros concorrentes estavam por ingressar na Escola do Medo. As bochechas da jovem ficaram vermelhas e manchadas, os olhos endurecidos ficaram ainda mais impressionantes, e ela os manteve perfeitamente direcionados para a sra.

Wellington. Theo olhou-a com uma mistura de medo e admiração. Ele nunca conseguira assustar ninguém com um olhar fixo. Nem mesmo com palavras, aliás.

– Não vamos nos precipitar. Talvez a sra. Wellington estivesse falando de um gato ou de um cachorro novo – sussurrou Theo para Lulu com o canto da boca.

Lulu desviou momentaneamente seu foco da sra. Wellington para avaliar o que Theo havia dito. Ela tinha que reconhecer que era uma possibilidade.

– A senhora está falando de um gato, cachorro ou de algum outro animal? – perguntou Lulu à sra. Wellington, com a cabeça empinada para a esquerda.

Theo ficou observando a sra. Wellington atentamente, como se tentasse fazer a idosa dizer sim. E não era apenas para acalmar Lulu: ele também não estava lá muito entusiasmado com um novo estudante.

– Temo que não, Lulu. O novo concorrente é humano, ou pelo menos é o que os pais afirmam. Contudo, se o concorrente nos surpreender com uma cobertura de pelos e dentes afiados, Macarrão ficará empolgado. Ele tem estado um tanto solitário desde que aqueles malucos lá embaixo, os Knapp, pararam de deixar Jeffrey vir brincar.

– Não, obrigada, sra. Wellington – interrompeu Lulu. – Esse bando de excêntricos é mais do que suficiente para mim. Vamos devolver esse novo aí. Faça um reembolso. Um depósito bancário. Eu não me importo, só quero que o mande embora. Faça o que quiser, mas nada de novo concorrente.

— Tenho que concordar. E se for mais um... — Garrison parou de falar, olhando para Theo.

— Eu concordo, Gary — disse Theo, distraído. — Mais uma Lulu seria difícil para mim também. Pode ser a gota que fará o copo do monitor do corredor da escola transbordar.

— Chega de me chamar de Gary! — respondeu Garrison com aspereza.

— Um pouco agressivo para um surfista, não acha? — murmurou Theo, baixinho.

— Talvez estejamos sendo desnecessariamente negativos — interrompeu Madeleine antes que Garrison pudesse responder a Theo. — Talvez *ele* vá ser um adorável acréscimo ao grupo.

— É um *ela*, não um *ele* — corrigiu a sra. Wellington.

— Ah, isso é absolutamente maravilhoso — disse Madeleine docilmente, lançando uma olhadela para Garrison.

Era um tanto irracional e superprotetor, mas Madeleine não poderia suportar se Garrison ficasse interessado pela nova concorrente. Ora, seria uma tortura absoluta! E se ela fosse alguma surfista rata de praia? Madeleine sabia que era egoísta e errado, mas fez uma prece silenciosa para que a garota fosse escandalosamente feia. Ao pensar nisso, ela se sentiu horrorosa. Era uma coisa tão pouco "Madeleinesca" para desejar, mas as paixonites fazem as garotas ficarem totalmente loucas.

    Quando a sra. Wellington expunha as muitas vantagens de se ter sangue novo em Summerstone, ouviu-se uma batida à porta. Antes que alguém pudesse responder, Schmidty entrou com uma garota pequenina. Meio indiana, meio americana, a garota tinha um rosto totalmente adorável, arrematado por um sorriso cheio de dentes e covinhas que combinavam. Vestindo um terninho azul com um colar de pérolas e uma pasta, o traje da menina era muito adulto para sua idade.

    — Schmidty, esta é a empregada que eu pedi pelo catálogo? Devo confessar que não tinha ideia de que elas se vestiam tão profissionalmente.

    — Madame, a senhora pediu um aspirador de pó autolimpante, não um trabalhador infantil; eles tendem a ser desaprovados em nações desenvolvidas. Esta é Hyacinth Hicklebee-Riyatulle, nossa nova estudante.

    — Eu sempre quis ter um nome hifenizado. Eu até pedi um à fada dos dentes, mas, ai de mim, nunca fui atendida — disse a sra. Wellington, dando um passo em direção à jovenzinha. — Bem-vinda à Escola do Medo.

— Oh, minha nossa, eu estou tão emocionada por estar aqui! – disse Hyacinth com uma voz animada e excessivamente vigorosa. – No começo eu pensei que não queria de jeito nenhum deixar meus amigos e minha família durante o verão. Mas depois minha mãe me explicou que eu ficaria com outros alunos, a senhora e Schmidty o tempo todo. E, na verdade, eu não tive escolha nenhuma, já que mamãe e papai disseram que, se eu não viesse para cá, iriam me abandonar na beira de uma rodovia deserta. Depois que disseram isso, eu fiquei realmente muito, muito, muito empolgada. Tão empolgada, na verdade, que escrevi uma canção sobre tudo isso. Posso cantá-la? Alguém aí por acaso tem uma gaita? Mamãe achou que eu não devia trazer a minha.

— Hein? – gaguejou a sra. Wellington, olhando para os rostos perplexos de Theo, Garrison, Lulu e Madeleine. – Talvez devamos guardar a cantoria para a parte de talentos do programa. Agora, então, Hyacinth...

— Prefiro ser chamada de Hyhy. Todos os meus amigos me chamam de Hyhy, e eu acho que todos nós somos amigos, mesmo não tendo sido tecnicamente apresentados. Oh, minha nossa, vocês sentem isso? Estamos recebendo um abraço grupal imaginário da sala toda.

— Bem, enquanto nós o mantivermos imaginário, tudo ficará num plano civilizado – disse a sra. Wellington, avaliando a jovenzinha hiperativa. – Por que você não se solta da mão de Schmidty e se senta numa cadeira?

– Ok. Posso apertar sua mão? Eu adoro apertar mãos. Eu me sinto realmente conectada quando estou apertando a mão de alguém. E o que é melhor do que sentir-se conectada às pessoas?

– Silêncio – murmurou Lulu para si mesma antes de revirar os olhos. – Silêncio é decididamente melhor.

Ignorando o pedido de Hyacinth para apertar sua mão, a sra. Wellington apontou para a carteira em frente à de Theo, acreditando que ele seria o candidato mais provável para abraçar a menina tagarela. Hyacinth de imediato empurrou sua carteira entre as de Theo e Madeleine enquanto Garrison e Lulu olhavam chocados lá de trás.

– Hyacinth, você é nova aqui, portanto vou passar por cima dessa infração, mas eu não aceito que os concorrentes tirem a mobília do lugar.

– É Hyhy, lembra-se? E, sinto muito, eu apenas queria me sentar perto dos meus novos melhores amigos – disse Hyacinth, olhando para Madeleine e Theo com um sorriso maníaco.

– Odeio ser desmancha-prazeres, mas estou sentindo que essa amizade está indo um pouco rápido demais para mim – disse Theo – Eu nem me lembro de seu sobrenome, e você nem sabe meu primeiro nome, e nós já estamos na posição de melhores amigos. E, verdade seja dita, você é um pouquinho nova para mim. Quero dizer, quantos anos você tem? Oito?

— Tenho dez, mas sou pequena para minha idade. Eu acho que idade é um estado de espírito. Números realmente não importam, por isso não deixemos que isso impeça nossa amizade.

— Bem, devo concordar com Hyacinth quanto à idade — disse a sra. Wellington seriamente.

— Madame, quando a morte é a etapa seguinte da vida, a idade é mais do que um estado de espírito — explicou Schmidty à sra. Wellington.

— Não posso suportar a ideia de morrer sem minhas perucas! Ser enterrada com apenas uma peruca é horrível demais. É preciso que as pessoas tenham opções, até na morte — resmungou a sra. Wellington para Schmidty, antes de voltar a dirigir seus olhos para a jovem Hyacinth.

Sorrindo largamente, Hyacinth enfiou a mão em sua pasta e puxou para fora uma criatura peluda alongada amarrada a uma coleira.

— Eu gostaria que a senhora tivesse ouvido minha sugestão de mandá-la de volta, sra. Wellington. Ela trouxe um rato numa coleira — disse Lulu com desdém.

— Ele está com as vacinas antirrábicas atualizadas? — gritou Theo, empurrando sua cadeira para longe de Hyacinth. — Ratos e pombos carregam um monte de doenças.

Doenças contra as quais não disponho de antibióticos no momento atual.

– Celery é um ferret, não um rato. E ela é absolutamente minha melhor amiga, a melhor das melhores. Além do mais, é minha provadora oficial de alimentos – disse Hyacinth, com um sorriso. – Minha nossa, o cão está dando uma enorme olhada para Celery! Eles vão ser tão grandes amigos!

Macarrão não estava olhando para Celery de modo algum ou desejando ser seu melhor amigo. Na verdade, ele não dava mais bola para amigos animais. Ficara totalmente curado quando os pais do poodle Jeffrey, os Knapp, tiveram um desentendimento com a sra. Wellington, pondo um fim nos encontros que os caninos tinham para brincar. Aparentemente, o casal, que insistia em usar roupas combinadas o tempo todo, achou que a sra. Wellington estava sendo negligente ao se recusar a providenciar grampos de fixação para Macarrão para corrigir sua má oclusão dentária. No entanto, é importante lembrar que os Knapp empurravam Jeffrey num carrinho de criança, alimentavam-no com uma garrafa e faziam-no arrotar depois das refeições.

Hyacinth balançou Celery diante de Macarrão na esperança de cimentar a conexão amorosa entre os animais enquanto Madeleine a observava com assombro total.

— Perdão pela pergunta pessoal, Hyacinth, mas você é membro da realeza? – perguntou Madeleine, séria.

— Oh, minha nossa! Eu pareço uma princesa?

— Não, nem um pouquinho, mas membros da realeza costumam usar provadores de alimentos, e foi por isso que perguntei.

— Oh – disse Hyacinth, balançando a cabeça –, isso faz todo sentido, mas Celery prova minha comida porque tenho alergia a amendoins.

— Ouça, eu não quero me levantar com o pé errado, porque precisamos dos dois pés para caminhar – disse Theo, gaguejando sem jeito. – Mas você não respondeu à minha pergunta sobre a vacina antirrábica. E eu estou sentado bem pertinho de você, de modo que acho que tenho o direito de saber.

— Você é tão engraçado! Celery está em dia com todas as vacinas. Um dia, quando você estiver brindando no meu casamento, poderá contar essa história toda. Não é maravilhoso construir memórias?

— É isso que nós estamos fazendo? – perguntou Theo. – Sou o único que ainda não tinha percebido?

— Você tem dez anos e já está falando sobre seu casamento – disse Garrison, surpreso.

— Você não acharia ótimo se houvesse casamentos entre amigos? Nós todos poderíamos nos casar uns com os outros! – disse Hyacinth transbordando de entusiasmo, enquanto olhava para Theo e Madeleine e para Lulu e Garrison.

– Atenção, Hyacinth – interrompeu a sra. Wellington.

– Hyhy.

– Até o nome dela me irrita – murmurou Lulu para Garrison.

– Sim, é claro, Hyhy, seu apelido muito digno – continuou a sra. Wellington. – Eu gostaria de lhe apresentar Theo, que sente medo de perigos ocultos e/ou morte, o que afeta tanto ele quanto a sua família; Madeleine, que sente medo de aranhas e insetos; Lulu tem medo de espaços fechados; e Garrison, medo de água. Concorrentes, esta é Hyacinth, que tem medo de ficar sozinha.

– Espere – disse Hyacinth ao encostar o ouvido contra a boca do ferret antes de balançar a cabeça muitas vezes. – Celery está se sentindo um pouco abandonada porque a senhora não a apresentou aos meus novos melhores amigos, e ela é minha melhor amiga original, a melhor das melhores amigas!

– Concorrente – repreendeu a sra. Wellington. – Podemos ter que criar um limite de tempo para você falar, já que tenho certeza absoluta de que envelheci pelo menos um ano no meio de todos esses "melhores amigos". Agora, então, devo presumir que Celery, o ferret, fala inglês?

— Temo que não – disse Hyacinth, balançando a cabeça.

— Então, como você está se comunicando com o animal? – insistiu a sra. Wellington.

— Eu entendo a língua ferret – respondeu Hyacinth com confiança.

— Você entende a língua ferret? – perguntou a sra. Wellington, incrédula.

— Sim, é uma das muitas habilidades que eu ofereço às minhas amizades. Acho que é por isso que eu e Celery somos tão populares. Temos um monte de coisas a dizer.

— Sim, já notamos isso. Eu devo lhe dizer que por acaso eu falo a língua ferret fluentemente.

Hyacinth olhou para a sra. Wellington seriamente antes de baixar a cabeça e ouvir seu ferret.

— Ok, isso é realmente embaraçoso para mim, porque a senhora é minha amiga e Celery é minha amiga também, e eu não quero ficar no meio de uma briga, mas Celery disse que a senhora está... mentindo.

— Acontece que faço parte da Junta dos Faladores da Língua Ferret Norte-Americanos. O que o seu ferret tem a dizer sobre isso? – retrucou a sra. Wellington.

— Oh, isso está ficando realmente intenso para mim. Eu odeio ficar espremida entre amigos – disse Hyacinth, antes de se virar para Madeleine. – Mad Mad, eu vou precisar me apoiar em você durante este momento tenso de ter que ficar dividida entre dois amigos numa situação difícil.

– Mad Mad? – repetiu Madeleine. – Sinto muitíssimo, Hyacinth, mas eu prefiro Madeleine, ou Maddie. E você quis dizer *se apoiar em mim* literal ou figurativamente? Não querendo ser chata, mas, se disse literalmente, talvez você possa pôr a Celery primeiro no chão. Não que eu não a ache absolutamente encantadora...

– Espere só um segundinho, Mad Mad – interrompeu Hyacinth, pressionando o ouvido contra a boca de Celery novamente. – Sra. Wellington, Celery quer que eu lhe diga isso, e é realmente duro para mim, mas aí vai. Ela disse que não existe uma Junta Humana da língua ferret.

– Alguém mais aqui sente que está no meio de um desenho animado sinistro? – perguntou Garrison, serio. – Eu sempre odiei desenhos animados em que animais falam... não é correto, simplesmente.

– Há um monte de coisas *não corretas* nesta sala – acrescentou Lulu, observando Hyacinth pressionar de novo a boca de Celery contra o ouvido. – E eu nem estou falando do terninho e da pasta da garota.

– Celery tem certeza de que a senhora não sabe falar *ferretinho* – replicou Hyacinth.

— É ferretez! E eu vou mostrar a esse duvidoso roedorzinho. *Chhjunnnnchhhhjunn* – trinou a sra. Wellington, enquanto Theo, Madeleine, Lulu e Garrison baixavam a cabeça de vergonha. Cada um deles achava que a situação era terrivelmente indigna, até mesmo para a sra. Wellington.

— Madame, sinto interrompê-la quando a senhora está tentando conversar com um ferret numa língua inventada, mas eu devo chamar-lhe a atenção para o fato de que a senhora está tentando conversar com um ferret numa língua inventada. Será que já não é hora de darmos um pequeno intervalo? – perguntou Schmidty, cotovelando a sra. Wellington com delicadeza.

— Bem, eu poderia pôr um brilho labial refrescante e umas gotinhas de perfume. Eu adoraria trocar de peruca, mas é claro que isso está fora de questão – vociferou a sra. Wellington ao deixar o salão de baile atrás de Schmidty.

— Então, Mad Mad, Celery está morrendo de vontade de saber se a gente pronuncia seu nome como o do bolinho francês ou como a garota no livro.

— Juro que não estou tentando ser insolente, mas eu não disse que prefiro Madeleine ou Maddie, e não Mad Mad?

— O quê? Sem essa. Você não está falando sério. Ora, vamos. Eu sou Hyhy. Ela é Lulu, você é Mad Mad, ele é

Gar Gar e aquele ali é o The The. Você não pode destruir o Grupo dos Cinco Amigos para Sempre!

— Aposto que Gary soa bem melhor agora, Gar Gar — disse Theo a Garrison com um sorrisinho.

Garrison grunhiu de frustração antes de passar as mãos por suas mechas louras.

— Sem essa, garota do ferret. Não vou deixar você me chamar de Gar Gar ou Maddie de Mad Mad ou mesmo o Theo de The The, embora talvez ele não ligue. Mas, decididamente, não vai existir Mad Mad ou Gar Gar.

— Sim, e também não vai rolar o Grupo dos Cinco Amigos para Sempre. Acabamos de conhecê-la, e você é mais jovem do que todos nós, de modo que, se alguém for ocupar a liderança do grupo, não será você, entendido? — disse Lulu com firmeza.

Hyacinth balançou a cabeça dramaticamente antes de pressionar de novo o ouvido contra a boca de Celery.

— Ah, não, Celery diz que vocês me odeiam — disse Hyacinth antes de explodir num gemido estridente: — Vocês realmente me odeiam!

— Hyacinth, juro que nós não a odiamos. E eu acho que talvez seja melhor você parar de ouvir, ou fingir ouvir, ou o que quer que esteja fazendo com esse ferret.

— Por que você está gritando comigo? — gritou Hyacinth para Madeleine entre soluços.

– Gritando? Eu juro que não estou gritando. Eu só falei alto porque você está chorando num volume muito alto.

– Você está com raiva porque o Império Britânico acabou? Eu não tenho nada a ver com isso!

– Desculpe, mas você é totalmente maluca? Por que diabos você está mudando de assunto para a queda do Império Britânico? – disse Madeleine vigorosamente.

– Nunca é bom sinal quando Maddie fica furiosa – murmurou Theo para ninguém em particular.

– Theo, agora não é hora – replicou Madeleine.

– Você está absolutamente certa, e digo isso como um homem com uma faixa. – Theo fez uma pausa antes de olhar de forma significativa para Hyacinth. – É isso, eu sou um oficial eleito.

Hyacinth empurrou o focinho de Celery sobre seu ouvido e assentiu com emoção.

– Celery diz que está realmente surpresa que alguém tenha elegido um marshmallow. Foi Celery, não fui eu, portanto não me odeie, The The! Celery sempre teve alguma coisa contra gente gorducha. Acho que ela no fundo tem medo de que você se sente sobre ela. Oh, por favor! Por favor, não me odeie!

– Ah, é? – disse Theo, olhando o ferret direto nos olhos. – Eu posso ser um marshmallow, mas eu tenho um biscoito Graham – disse Theo, apontando para Lulu –, uma barra de chocolate – continuou, apontando para Garrison – e uma fogueira – finalizou, apontando para Madeleine. – Portanto, não sou um marshmallow, mas um wafer recheado de marshmallow para sobremesa. E um wafer assim é muito mais do que você jamais poderá ser... seu ferret!

– Theo – disse Lulu com um suspiro –, você acabou de dar uma bronca no ferret?

– Suas réplicas fedem, Theo. De verdade, precisamos dar um jeito nisso – disse Garrison, afastando o cabelo louro desalinhado do rosto. – E eu definitivamente não sugeriria meter comida no meio... Espere, aquilo não é a sra. Wellington?

Garrison apontou para a janela distante, através da qual os estudantes viram a sra. Wellington, seguida por Schmidty, que por sua vez era seguido por Macarrão, perseguir um Abernathy muito sujo, mas veloz, através da grama repleta de armadilhas e obstáculos.

– Acho que eles o pegaram roubando alguma coisa dentro da casa – disse Garrison, dando de ombros.

– Se eu me lembro bem, Abernathy tem medo de vir a Summerstone – disse Madeleine, pensativa.

– Então talvez ele estivesse roubando mobília do jardim para sua cabana na floresta – acrescentou Theo.

— *Sua cabana?* Você acha que o morador da floresta tem uma cabana? – disse Lulu, incrédula, para Theo.

— Eu acho que o homem sujo está nos dando a dádiva de sua amizade – disse Hyacinth com um sorriso enorme.

— Essa é a única coisa que tenho toda a certeza de que ele *não* está fazendo – disse Lulu, firme.

— Ele está distraindo a sra. Wellington e o Schmidty para que tenhamos tempo para interagir. Isso soa como amizade para mim. Na verdade, estou tão comovida que acho que tenho que cantar: *Obrigado, homem sujo, sou sua nova grande fã; vamos sair e pegar um bronzeado, talvez até um ventilador eletrificado...*

— Esperem. A do terninho pode estar chegando a algum lugar – disse Lulu, séria.

— Sinto ser o desmancha-prazeres do grupo, mas essa foi medonha – disse Theo com uma expressão muito culpada. – Ela não vai chegar a lugar algum, nem mesmo com o coral da escola, e o padrão deles não é lá muito alto.

— Não é chegar com a cantoria! – disse Lulu, levantando-se depressa de sua cadeira. – Abernathy... ele é a distração **para** o ladrão.

— Precisamos vasculhar a casa! – disse Garrison, percebendo que suas habilidades de liderança eram necessárias, rumando em direção ao Grande Salão.

— Talvez a gente deva apenas ficar esperando aqui. Afinal, não somos combatentes do crime — disse Theo com uma estranha mistura de nervosismo e culpa.

— Theo — replicou Madeleine —, nós não podemos ficar aqui sentados e deixá-los roubar os bens da sra. Wellington. Pense em tudo que ela fez por nós no último verão! E pense no que ela fará por nós neste verão, se esse ladrão não a deixar biruta demais!

— Certo — cedeu Theo. — O trabalho de um monitor de corredor escolar nunca termina.

— Não me abandonem! Por favor! Esperem por mim! — explodiu Hyacinth ao sair correndo atrás dos outros.

CAPÍTULO 7

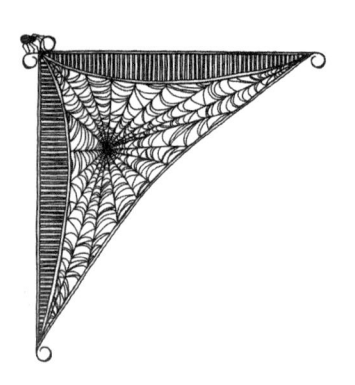

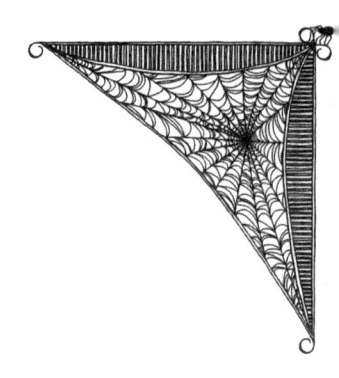

TODO MUNDO TEM MEDO DE ALGUMA COISA:

Efebofobia é o medo

de adolescentes.

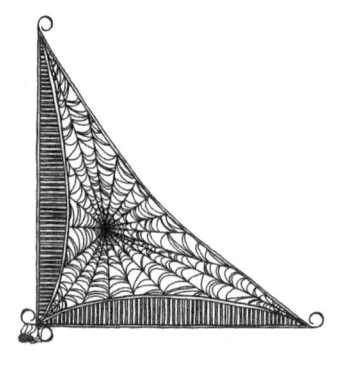

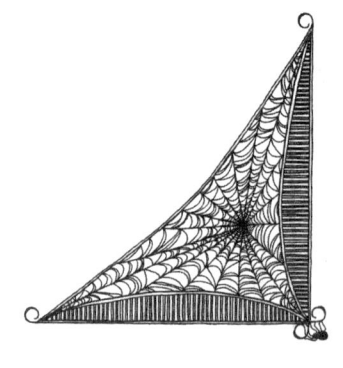

Depois do que se provou ser uma busca malsucedida ao ladrão, a sra. Wellington, com a maquiagem parcialmente desfeita, ficou andando de um lado para o outro diante de Schmidty, Macarrão, Theo, Lulu, Garrison, Madeleine e Hyacinth. Sua mente trabalhava de forma veloz, desesperada por descobrir quem estava por trás da audaciosa invasão.

– Pense mais, Esportista – disse a sra. Wellington. – Você viu o rosto dele? Mesmo que só de relance?

– Estamos todos supondo que é um homem, mas quem pode dizer que não é uma mulher? – perguntou Lulu.

— Numa pesquisa não científica que eu conduzi num sonho, provei estatisticamente que há mais homens do que mulheres criminosas — afirmou a sra. Wellington, antes de voltar o olhar para Garrison.

— Para falar a verdade, eu estava longe demais — disse Garrison —, e ele estava coberto de preto, com uma malha de corpo inteiro.

— Então está dizendo que ele é um dançarino? Algum movimento particular? Balé? Dança moderna?

— Não foi como se ele parasse para sapatear no caminho. Tudo que sei é que ele estava usando um traje preto inteiriço.

— Estou suando só de pensar nisso — disse Theo, sério. — Ele deve ter ficado com uma terrível brotoeja por causa do calor. Espero que tenha loção de calamina em casa, ou pelo menos preparado para um banho de mingau de aveia.

Hyacinth de repente começou a chorar, para o choque de todos ao redor.

— Por que você está chorando? Está assustada? — perguntou a sra. Wellington com simpatia. — Ou está preocupada que o ladrão esteja de fato com brotoejas por causa do calor?

— Nem uma coisa nem outra — choramingou Hyacinth. — Celery acha que os outros garotos me odeiam só porque sou nova.

A sra. Wellington olhou para Lulu, Theo, Garrison e Madeleine com os lábios cor de carmim. Da mesma forma que ela um dia ensinou a arte de sorrir e acenar, a sra. Wellington ladrou suas ordens:

– Digam a ela que está enganada! Digam a ela que vocês são todos amigos!

– Nós não odiamos você, odiamos apenas seu ferret. Somos mesmo amigos – falou o quarteto em tom monótono e sem emoção para uma Hyacinth agora sorridente.

– Melhores amigos? – perguntou Hyacinth, jovial.

A sra. Wellington fulminou cada um dos estudantes com um olhar firme.

– Claro – disse Theo, reticente.

– Naturalmente – resmungou Madeleine.

– Ran-ran – grunhiu Garrison.

– Tanto faz – disse Lulu com uma revirada de olhos e um suspiro.

– Estou tão feliz que vou cantar uma canção – animou-se Hyacinth. – *Hyhy queria chorar, quando soube que vocês iam se retirar, mas agora que sabe que vocês estavam só querendo brincar, pode um grande suspiro soltar!*

– Eu posso ter me equivocado quando me referi ao canto como seu *talento* – disse a sra. Wellington, pondo a mão direita na cintura de modo feminino. – Mas vamos ter que lidar com isso depois, já que temos um dia terrivelmente ocupado. Concorrentes, antes do almoço, por que não levam Hyacinth lá para cima? – acrescentou a sra. Wellington calmamente.

– Ela não vai ficar no mesmo quarto que nós, vai? – perguntou Lulu, apontando a cabeça na direção de Hyacinth.

– Claro que vou. Vai ser como uma grande festa do pijama o verão todo. Celery e eu estamos tão empolgadas! Nós trouxemos até presilhas extras para que possamos trançar os cabelos umas das outras antes de dormir.

– Ok, isto é a Escola do Medo, não o Acampamento da Turma da Barbie. Não haverá trança de cabelo, lutas de travesseiros, sessão de papo-furado de madrugada ou mesmo cantar junto com o Jonas Brothers – disse Lulu, ditando regra.

– Eu não acharia ruim cantar um pouco de música do Jonas Brothers antes de ir pra cama – disse Theo com sinceridade a Lulu, antes de perceber de novo que talvez não fosse a melhor hora para falar.

Hyacinth virou a cabeça em direção a Celery, que estava empoleirada precariamente em seu ombro, e mais uma vez fingiu escutar.

– Celery diz que você vai mudar de opinião assim que vir quanta diversão Mad Mad e eu vamos ter. Oh, e diz também que acha que seu novo apelido deveria ser Cenoura, porque aí teríamos Celery, que quer dizer "aipo", e Cenoura.

– Não me chame de Cenoura. E você parece um pirata com esse ferret no ombro – disse Lulu com desdém.

– Oh, minha nossa! Celery e eu somos obcecadas por piratas. Só gostaríamos que eles tivessem roupas melhores. Por que tudo tem que ser tão desleixado? O que há de errado com um belo terninho?

– Estou impressionado com essa pequenininha; tomar insultos como elogios é um grande talento – disse Theo com ar conhecedor para o grupo. – Um monte de gente não percebe isso.

– Obrigada por essa discussão estimulante, Gorducho. E, Lulu, não precisamos nos preocupar; nós a colocamos no quarto extra do outro lado da barbearia – explicou a sra. Wellington.

– Eu não me lembro de nenhum quarto lá – disse Garrison, desconfiado.

– Madame faz com que eu ponha papel de parede sobre portas extras quando os quartos estão fora de uso – entoou Schmidty.

– Sim, isso faz sentido – disse Lulu com seriedade fingida. – Por que fechar uma porta quando você pode passar o dia pondo papel de parede sobre ela?

– Concorrentes, por favor, levem Hyacinth...

— Hyhy — corrigiu Hyacinth.

— Por favor, levem Hyhy ao seu quarto para que Schmidty possa preparar o almoço.

— Ótimo, vamos — concordou Lulu de má vontade.

— Lulu, posso segurar sua mão? — perguntou Hyacinth com um sorriso enorme.

— Essa é uma ideia muito ruim — informou Garrison a Hyacinth. — Eu acho que Theo seria melhor.

Hyacinth colocou Celery no chão antes de agarrar a mão de Theo, empolgada.

— Eu espero realmente que você seja uma lavadora de mãos ávida ou uma usuária de álcool em gel — resmungou Theo para Hyacinth.

— Oh, minha nossa! Que diversão! — disse Hyacinth para Theo de forma animada. — Mais uma lembrança para o seu brinde de casamento.

— Você sabe que a idade mínima permitida para se casar nos Estados Unidos é dezoito anos, certo? — respondeu Theo. — E não comece a ter ideias comigo, ok? Eu não vou deixar ninguém me amarrar até que eu tenha pelo menos trinta anos. Eu sou muito família, fique sabendo.

— Sim, ele é o renegado de óculos — disse Lulu com sarcasmo enquanto conduzia o grupo para o alto.

O quarto extra, como a sra. Wellington se referiu a ele, de fato estava rotulado desse modo. Havia um pequeno aviso em preto e branco pendendo da porta de madeira escura que dizia QUARTO EXTRA.

— Então, aqui está o seu quarto, Hyhy. Nossos quartos, como você deve ter visto, estão no começo do corredor – explicou Lulu ao abrir a porta, revelando um pequeno quarto antiquado com papel de parede preto e branco axadrezado e uma colcha indiana verde.

— Bem, é bom para eu deixar a minha bagagem, mas eu ficarei com você e Mad Mad.

— De jeito nenhum – respondeu Lulu.

— *De qualquer jeito! De qualquer jeito! De qualquer jeito! De qualquer jeito!* – cantou Hyacinth em resposta.

— Talvez possamos discutir isso depois, Lulu – interveio Madeleine. – Por enquanto, Hyhy, por que você não desfaz as malas, e nós ficamos lá no fundo do corredor?

— Por que não desfazemos juntas? Seria uma boa lembrança para compartilharmos!

— Tenho certeza de que falo por todo o grupo quando digo que prefiro não ter essa lembrança – explicou Lulu antes de se virar e caminhar em direção ao quarto das garotas.

— Sim, nós a veremos em um minuto. Sério, não é um grande problema – reforçou Garrison, saindo atrás de Lulu.

— Mad Mad? – perguntou Hyacinth num tom ligeiramente desesperado.

– O que você disse, Garrison? – perguntou Madeleine, descendo pelo corredor em disparada, deixando Theo completamente sozinho com Hyacinth, segurava sua mão.

– E aí? – disse Theo, embaraçado.

– Estou tão feliz por sermos grandes amigos.

– Não vamos nos precipitar, ok?

Hyacinth riu ao puxar Theo para dentro do quarto.

– Oh, meu Deus! Celery! – gritou Theo ao apontar para o ferret no chão. – Ela está se engasgando com um... croissant!

Sem entender totalmente o que Theo havia dito, Hyacinth se curvou para examinar seu ferret preso pela correia. Com apenas uma fração de segundo para escapar, Theo disparou pelo corredor, mais rápido do que nunca. Quando chegou ao quarto das garotas e fechou a porta atrás de si, estava quase asmático.

– Fe... chem o banhei... ro...! – arfou Theo para Madeleine, Garrison e Lulu, ficando de costas contra a porta, examinando o quarto enquanto tentava recuperar o fôlego. O quarto era exatamente como ele se lembrava: paredes de um cor-de-rosa pálido com bolinhas, retratos de gatos com tutus, cortinas de cor magenta, carpete malva e edredons cor de cereja com padrões indianos.

Do corredor, Hyacinth batia com força na porta, gemendo histericamente.

— Theo, que diabos aconteceu? — perguntou Madeleine.

— Ela soa como um leão do mar — acrescentou Garrison.

— Eu tive que fugir. Era a minha única saída. Ela estava segurando minha mão com alguma espécie de grampo de aço. Pode não parecer, mas acho que ela faz musculação.

— Fazer musculação aos dez anos? Por favor... — zombou Lulu.

— Talvez a força extraordinária da mão seja resultado de alguma doença exótica que ela pegou daquele ferret. Sou o único a achar que o comportamento dela é terrivelmente Discovery Channel?

— Sim, ela é totalmente esquisita. Quer dizer, ela está me fazendo repensar todas as coisas malvadas que eu disse sobre você, Theo — concordou Lulu. — E isso quer dizer algo, porque eu disse um montão de coisas malvadas sobre você, mais do que eu jamais poderia contar.

— Você precisa caprichar mais nos seus elogios, Lulu.

— E que diabos ela estava fazendo ao tocar no assunto do Império Britânico? Como se eu tivesse orgulho da ocupação britânica em países estrangeiros! Nunca! Mas com certeza ninguém pode achar que sou responsável por isso. Eu nem era viva. Ora, nem minha mãe era viva ainda!

— Sim! Sua avó também não era viva!

– Bem, na verdade não, Theo. Ela era viva. Foi por isso que eu parei na minha mãe.

– Ah, agora tudo está se virando contra mim.

– Ela é tão irritante e chata! – Garrison parou para pensar. – Ela é a antissurfista total.

– Hum, você nunca surfou – salientou Lulu.

– Isso não significa que eu não conheça o estado de espírito, que tem a ver com ficar zen, relaxado, se unindo à água.

– DEIXEM-ME ENTRAR! – gritava Hyacinth enquanto tentava arrombar a porta com seu pequeno corpo.

– Sem querer ignorar a tentativa da garota de derrubar a porta atrás de mim, mas a sra. Wellington sabe mesmo conversar com ferrets?

– Theo, ela é uma excêntrica, mas não é o Dr. Doolittle. O que ela falou foi pura língua de concurso de beleza – disse Lulu com segurança.

– Não estou certa disso; quero dizer, ela treinou de verdade os gatos. Eu não me surpreenderia se ela tivesse descoberto algum meio de se comunicar com ferrets – disse Madeleine com sinceridade.

– Maddie está certa. Em se tratando da sra. Wellington, nunca se sabe... – disse Garrison, vendo a porta sacudir na armação.

– Pensei que éramos grandes amigos! Isso é um teste? Vocês estão me testando? Por favor, eu amo vocês, caras!

Celery diz que odeia vocês, mas eu não! Eu os perdoo por me abandonarem no corredor! Por favor, saiam!

— Dá um tempo, garota! — berrou Lulu através da porta. — Vamos sair num segundo; relaxa, ok?

— Ok! Claro! Mas saiam logo — choramingou Hyacinth. — Depressa!

— Eu não vou sair primeiro — cochichou Theo para os outros. — Minha mão ainda está com cãibras daquele aperto mortal que ela me deu.

— Tudo bem, Theo. Eu sairei primeiro, darei um tempo para você massagear sua mão, talvez mergulhá-la em água quente — disse Lulu com sarcasmo ao abrir a porta.

Para sua grande surpresa, o corredor estava vazio. Depois de toda aquela barulheira e histeria, a menina havia desaparecido. Lulu não podia dizer que estava desapontada. Ao contrário, estava extremamente aliviada. Ela havia ficado muito preocupada com que Hyacinth tentasse segurar a sua mão ou, pior ainda, abraçá-la.

Lulu não farejou nem ouviu nada; era uma ofensa silenciosa e sem cheiro, mas, de qualquer modo, um tanto grosseira. Foi só quando algo se infiltrou em sua camisa, molhando seu ombro, que Lulu percebeu que alguma coisa havia pousado nela. Uma coisa muito terrena: era verde e mole e tinha quase o tamanho de uma moeda.

CAPÍTULO 8

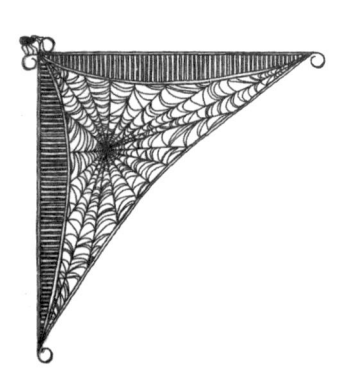

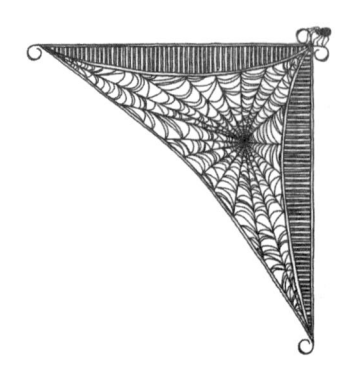

TODO MUNDO TEM MEDO DE ALGUMA COISA:

Quiraptofobia é o medo

de ser tocado.

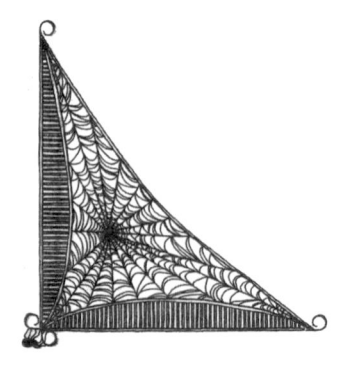

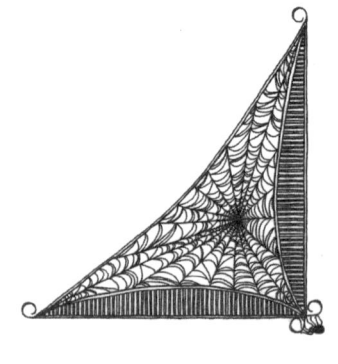

Lulu virou devagar a cabeça para trás, temendo o que iria encontrar. Se fosse sua primeira vez em Summerstone, poderia não ter prestado atenção à substância esverdeada. Mas essa era, afinal de contas, uma residência com uma urna que hospedava criaturas que iam de barracudas a serpentes brasileiras mordedoras e de abelhas a morcegos de Bombaim. Com isso em mente, engoliu em seco e se forçou a olhar. O que viu foi nada menos que uma performance do Cirque Du Soleil. Hyacinth estava precariamente pendurada de ponta-cabeça no candelabro, com o ferret empoleirado em seu ombro.

— Isso foi cocô de ferret? – gritou Lulu, quando Hyacinth e Celery caíram do candelabro, pregando a garota furiosa contra o chão.

Ouvindo a algazarra, Madeleine, Garrison e Theo dispararam para o corredor.

— Oh, Lulu, eu senti tanto a sua falta! – gemeu Hyacinth abraçando a garota ruiva, que estava furiosa. – Vamos juntar nossos pulsos para que nunca mais nos separemos!

— Afaste-se de mim! – berrou Lulu, com o rosto vermelho. – Afaste-se de mim imediatamente!

— Não me deixe! – choramingou Hyacinth com intensidade. – Somos melhores amigas para sempre! Melhores amigas nesta e na próxima vida!

— Uau, ela quer mesmo um compromisso. Eu nem sequer sei se acredito em outra vida, e ela já está confirmando amizades. Sempre admirei planejadores – disse Theo a Madeleine e Garrison.

— Socorro! – gritou Lulu. – Tirem essa coisa de mim!

— *Lulu e eu uma só vamos virar, para nunca mais nos separar! Muito divertido isso será* – cantou Hyacinth em seu usual tom monocórdio.

— Eu acho que vamos ter que tirar Hyacinth de cima da Lulu – disse Garrison a Madeleine.

— Talvez Theo possa ajudá-lo nisso, já que ele é um garoto. Você deve admitir que isso é um papel que parece ser mais adequado para cavalheiros.

— Alguém me ajude! – berrou Lulu.

Tanto Madeleine quanto Garrison se viraram para Theo, que fez uma cara de desaprovação, embaraçado.

— Não posso. Minha mão ainda está em recuperação.

Depois de alguns suspiros e cabeças balançando em negativa, Madeleine e Garrison tiraram Hyacinth e Celery de cima de Lulu. A garotinha remexeu e sacudiu seu corpo quando eles a puxaram para longe. Dentro de segundos, uma sorridente Hyacinth havia se grudado no braço de Garrison.

Sem se comover com a doce expressão de Hyacinth, Lulu se ergueu do chão com os olhos duros como ferro e caminhou diretamente para a garotinha.

— Primeiro seu ferret fez cocô em mim, e depois você me prendeu no chão. O que há de errado com você? Isso não é legal, entendeu?

— Lamento tanto que Celery tenha feito cocô em você! Mas Celery quer que eu lhe diga que ela não lamenta, porque parece que ela não gosta de você, já que você me abandonou no corredor. No entanto, foi traumático para mim ver uma grande amiga ser coberta de cocô por outra grande amiga. Mas você deve saber que Celery come apenas comida orgânica.

— Uau, que consolo! Porque era com isso que eu estava preocupada: saber se seu ferret comia comida orgânica – disse Lulu, gemendo.

— Lulu, vá trocar de blusa para o almoço – disse Garrison, antes de baixar os olhos para Hyacinth, ainda colada em seu braço. – O que você estava fazendo pendurada no candelabro?

— Celery estava trocando uma lâmpada – disse Hyacinth devagar.

— Isso é tão prestativo! – disse Theo com candura. – Eu nem sabia que ferrets podiam trocar lâmpadas. Quatis com certeza, mas ferrets, quem diria?

— Theo, tenho dúvidas de que ela esteja falando sério – interrompeu Madeleine. – Agora, devemos descer. É quase hora do almoço, e vocês sabem que Macarrão odeia que o façam esperar...

— Ele não é o único. Estou *morrendo de fome* – disse Theo, liderando a procissão para a sala de jantar.

Madeleine seguia Theo num estado de total irritação. Ela sabia que Garrison não suportava a menina chata, mas não conseguia deixar de sentir inveja. Ah, como Madeleine adoraria andar de braços dados com Garrison! E só de pensar nisso ficava vermelha.

A sra. Wellington, Schmidty e Macarrão encontravam-se sentados à mesa cerimonial da sala de jantar, que estava coberta por rendas cor-de-rosa, candelabros empoeirados e porcelanas com desenhos de rosas. Três pinturas de buldogues ingleses, os predecessores de Macarrão, pendiam de uma das paredes pintadas de verde-menta.

— Apresento minhas desculpas — disse Madeleine de forma educada, assim que entrou na sala de jantar —, mas tivemos um ligeiro incidente com Hyacinth.

Garrison levou Hyacinth até a cadeira próxima a Theo e a cutucou delicadamente, indicando que se sentasse, para grande desprazer de Theo.

— Puxa, Gary, tem certeza de que você não quer ter Hyhy ao seu lado na hora do almoço?

— Não, está bem assim. Eu não quero ser egoísta.

Hyacinth de imediato puxou sua cadeira para perto da cadeira de Theo e sorriu, radiante. Depois, colocou Celery sobre o ombro dele e inclinou-se em direção ao ferret.

— Mad Mad? — disse, amável, para o outro lado da mesa. — Celery queria que eu lhe agradecesse por brigar conosco por estarmos atrasadas para o almoço.

— Tome cuidado, ou eu posso brigar de verdade com seu ferret — disse Lulu, com um olhar feroz ao sentar-se na cadeira do lado oposto de Hyacinth.

Hyacinth novamente inclinou-se em direção ao seu ferret e escutou. Sem nenhum aviso, ela se levantou, agarrou o prato cheio de sanduíches e esmagou-o contra o chão.

— Assassina de sanduíches! — murmurou Theo, afastando-se.

— Como você se atreve? – gemeu a sra. Wellington. – Essa porcelana é mais velha que Schmidty!

— Celery me fez fazer isso – disse Hyacinth docemente. – Ela acha que Lulu envenenou nossa comida.

— Uau, isso parece muito uma das historinhas do Theo! – interrompeu Lulu.

— Em outras palavras – explicou Garrison –, totalmente inventada.

— Vou registrar isso, fui ofendido – disse Theo com indignação.

— Que registro é esse a que você sempre se refere? – perguntou Madeleine em voz alta.

— Hyacinth, você é uma menina muito intolerável. Agora, sente-se – disse a sra. Wellington com os lábios cor de carmim. – Eu já estava no limite das minhas forças com aqueles irritantes Knapp, que ficavam deixando folhetos de propaganda de acupuntura canina na caixa de correspondência. E agora você me privou de possuir um aparelho completo de porcelana. Você não é digna de confiança para receber pratos. Simplesmente, terá que comer na toalha de mesa de agora em diante.

— A sra. Wellington já não padeceu o bastante? Ela está reduzida à sua última peruca e agora não tem um aparelho de porcelana completo – murmurou Theo para Hyacinth.

— Comportamento absolutamente pavoroso — reforçou Madeleine com raiva.

— Celery me fez fazer isso. Não foi culpa minha — respondeu Hyacinth, envergonhada.

— Agora, vamos à Graça — disse a sra. Wellington, estendendo a mão para o centro da mesa. Mas, para seu choque e tristeza, o casco de Graça, a tartaruga, havia desaparecido. Em respeito a ela ter uma vez salvado a vida de Schmidty, todos os residentes de Summerstone batiam três vezes em seu casco antes de fazer as refeições.

— O ladrão levou Graça — resmungou a sra. Wellington, levantando-se da mesa.

— Perdi o apetite — balbuciou Schmidty, com os olhos cheios de lágrimas, ao sair gingando da sala de jantar atrás da sra. Wellington.

Sem nenhuma consideração por aquele tumulto emocional, Hyacinth começou a dar comida para Celery, que estava empoleirada sobre seu ombro. Um tanto surpreendentemente, o ferret acabou comendo do garfo e até mesmo fechou a boca enquanto mastigava.

— Se eu pegar uma alergia, vou transformar Macarrão em meu provador de alimentos — disse Theo, observando o ferret mastigar delicadamente. — Mas não vou deixá-lo sentar-se no meu ombro.

— Posso perguntar como você treinou Celery para alertá-la contra produtos de amendoim? – perguntou Madeleine de forma sensata.

— Bem, é que ela é mortalmente alérgica a amendoins, por isso, se ela morrer, eu saberei que há amendoins em alguma coisa.

— Que tipo de proprietária de bicho de estimação é você? – gritou Theo. – Alguém chame a Sociedade Protetora dos Animais!

— É um trabalho perigoso, mas alguém tem que fazê-lo...

— Celery sabe que esse é o trabalho dela? Porque, pelo que parece, tenho toda a certeza de que ela pensa que é apenas um animal de estimação – disse Theo, agitado, abraçando seu papel de protetor de animais.

Hyacinth se inclinou de novo para Celery e escutou, ou fingiu escutar, ou o que quer que ela fazia nessas ocasiões.

— Celery diz que está consciente do perigo, mas está disposta a enfrentar o desafio, porque sou sua amiga número um. Ela também queria que eu lhe dissesse que lamenta tê-lo chamado de marshmallow e que agradece por você se preocupar com ela.

— Bem, sou um monitor do corredor da escola. É uma carga pesada, mas, como o diretor diz, sou o único *homem* adequado para o trabalho.

— O único *garoto* adequado para o trabalho — interrompeu Lulu.

— No judaísmo, um garoto se torna homem aos treze anos, e eu tenho treze anos, Lulu.

— Sim, mas você não é judeu.

— Por enquanto! Eu não decidi por nenhuma religião até agora. Mantenho abertas minhas opções. Portanto, se me der licença, estou no meio do recebimento de um cumprimento por parte de um ferret.

— Muito bem. Podemos discutir sua conversão potencial ao judaísmo mais tarde, mas eu devo lhe dizer que, se você está planejando ter um bar mitzvah, eu não vou lhe dar um presente.

— Lulu, isso é mesmo necessário? — perguntou Madeleine.

— Tudo bem, Theo, eu vou lhe dar um presente.

— Celery acha que você não deve convidar Lulu para seu hipotético bar mitzvah.

— Diga ao seu ferret para dormir com um olho aberto — retrucou Lulu a Hyacinth na mesma hora.

— Ela sempre faz isso. Assim, pode me alertar se alguém tentar deixar o quarto quando estou dormindo.

— Sinto muito, mas não acredito que seja possível para um ferret dormir com um olho aberto — disse Madeleine, firme.

Hyacinth se inclinou outra vez para Celery, fazendo um sinal de concordância a cada segundo.

– Celery diz que só porque você possui um sotaque não quer dizer que tenha um diploma de veterinária, por isso cale a boca.

– Seu ferret poderia tomar umas aulas de boas maneiras – respondeu Madeleine de forma áspera.

ESCOLA DO MEDO

CAPÍTULO 9

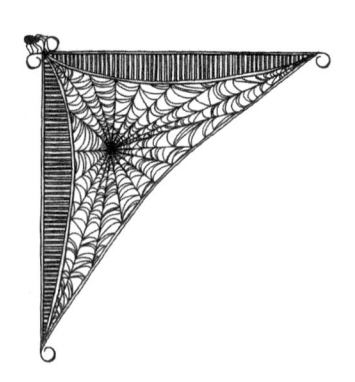

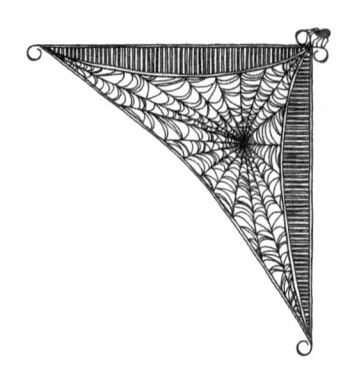

TODO MUNDO TEM MEDO DE ALGUMA COISA:

Blenofobia é o medo

de coisas viscosas.

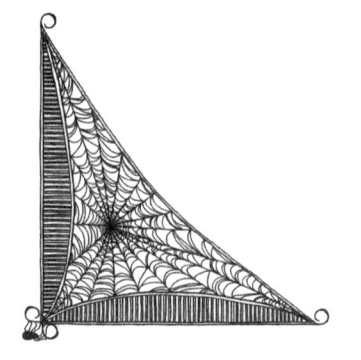

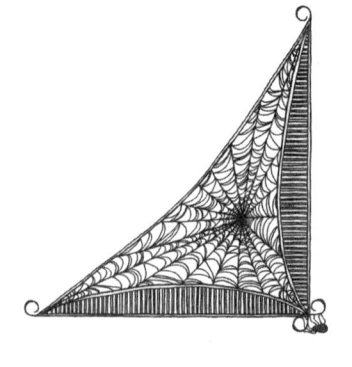

O que poderia ser PIOR?

A sra. Wellington e Schmidty retornaram taciturnos à sala de jantar, enquanto os garotos conversavam. A idosa retomou seu lugar à cabeceira da mesa, onde Schmidty reaplicou bem rápido o batom e o ruge. A nova camada de maquiagem deixou a sra. Wellington mais parecida do que nunca com um palhaço, ainda que um palhaço terrivelmente triste.

– Minhas mais sinceras desculpas por ter deixado o almoço tão abruptamente – disse a sra. Wellington de forma solene. – A perda de Graça me perturbou muito. Eu não posso deixar de me perguntar: o que virá a seguir? Roubarão meus cílios postiços? Eu não permitirei! Devemos lutar contra essa força maligna! Nós devemos nos organizar como um exército!

— Sra. Wellington, odeio interromper, mas eu acho que a senhora precisa saber que eu sou pacifista. Isso significa que, comigo, nada de organizações militares — explicou Theo. — Contudo, estou aberto para me juntar a um *pelotão*, especialmente se houver uniformes.

— Sim — guinchou Hyacinth —, será o máximo arranjar uniformes. E vamos começar um *scrapbook*, um livro de recortes para todas as lembranças que teremos.

— Eu me pareço com alguém que faz *scrapbook*? — respondeu Lulu com a boca retorcida.

— Concorrentes, se houver um exército ou um pelotão, devemos ser fortes. Devemos encarar nossos medos, ao menos para salvar-me e salvar minhas posses terrenas. Portanto, repassem seus batons, vamos para o Medonásio — proclamou a sra. Wellington de forma estoica, antes de deixar a sala de jantar.

— Minha mãe prefere que eu não use batom por mais dois anos, então talvez eu passe brilho ou protetor labial — disse Madeleine a Schmidty e seus colegas estudantes.

— Você tem protetores labiais com sabor? — perguntou Theo. — Talvez cereja ou refrigerante *root beer*?

— Theo, não é comida – retrucou Lulu. – Você não pode comê-lo.

— Celery está se sentindo excluída porque não tem lábios – disse Hyacinth, melancólica. – Talvez possamos aplicar sombra em vez de batom?

— Eu creio que é melhor deixarmos de lado a maquiagem – declarou Schmidty, rumando em direção ao Grande Salão. – Se um ferret vai usar sombra, estaremos a um pequeno passo de Macarrão usar cílios postiços e ruge. E, francamente, da última vez que isso ocorreu, ele ficou sem graça por dias a fio.

Lulu, Madeleine, Garrison e Theo, com Hyacinth grudada em seu braço, seguiram-no rápido. A sra. Wellington saracoteou de forma feminina pelo Grande Salão, mantendo-se em perfeita sincronia com o tiquetaquear do relógio de bolso engastado no piso. Ela parou em frente à porta do Medonásio e começou a mexer na maçaneta.

— Não há preparo maior para qualquer exército do que o preparo mental – afirmou a sra. Wellington ao girar o disco combinatório.

— Pensei que havíamos concordado em chamar isso de *patrulha* – interrompeu Theo.

— Sim, é claro, patrulha.

— Madame nunca é tão flexível comigo – disse Schmidty, aborrecido.

— Às vezes é preciso um homem com uma faixa de autoridade, um monitor do corredor da escola, para sermos exatos, para estabelecer a lei – gabou-se Theo, estufando o peito.

— Eu gostaria de decretar uma moratória para Theo parar de falar sobre ser um monitor do corredor da escola o mais rápido possível, para durar pelo resto da vida dele, ou pelo menos da *minha* vida – declarou Lulu em voz alta para o grupo.

— Zombe de tudo que quiser zombar, Lulu, mas nós dois sabemos que, ao primeiro sinal de problemas, você vai chamar...

— Garrison – interrompeu Madeleine. – Desculpe, Theo, mas eu acho que podemos todos concordar que Garrison é muito mais calmo sob pressão e muitíssimo mais corajoso do que você. Mas, por favor, creia em mim, se eu quiser fazer um sanduíche, você será minha primeira opção.

— Finalmente – murmurou a sra. Wellington ao abrir a porta. – Bem-vindos de volta ao Medonásio, um ginásio para exercitarem seus medos.

O vasto aposento tinha as dimensões aproximadas da metade de uma quadra de basquetebol e estava cheio de engenhocas, cadeiras de dentista, caixões de defunto, agulhas, lápides tumulares, bonecos e muito mais coisas.

Depois de décadas de uso, o Medonásio estava mais ou menos estocado com quase toda fobia infantil imaginável. E se fosse necessária qualquer informação adicional, haveria sempre a Medoclopédia, uma parede de livros com lombadas de couro abrangendo desde Aeronausifobia a Zeusofobia.

– Sigam-me, concorrentes – anunciou a sra. Wellington, conduzindo o grupo por um aquário que continha tubarões-tigre, corujas empalhadas e demônios das cavernas em saquinhos de plástico.

– Eu só queria lembrar a todos que *não há nada de fantástico em usar plástico* – disse Theo ao apontar para a pilha de demônios das cavernas ensacados em plástico.

– Seus slogans me dão nojo – gemeu Lulu.

– Ei, Lulu, por que tanta hostilidade? Eu não sou o inimigo. Emissões de carbono é que são inimigas.

Antes que Lulu pudesse responder, um cemitério de antigas bonecas de porcelana a silenciou com seus rostos rachados, olhos vazados e pintura descascada. À medida que Madeleine, Theo, Hyacinth, Garrison e Lulu se moviam, sentiam uma multidão de olhos negros em formato de conta seguindo-os, enquanto uma canção de ritmo acelerado ondulava pelo ar. A música eletrônica soava muito como a canção-tema do seriado *The Price Is Right*.

– Bem-vindos ao *O que Poderia Ser Pior?* – anunciou a sra. Wellington com orgulho, enquanto o grupo contornava um canto para ver um brilhante e tremeluzente palco surgir à vista. Lâmpadas bruxuleavam e refletiam milhões de cores quando o volume da música aumentou e a sra. Wellington agarrou um microfone. – Concorrentes, por favor, subam no palco. – A sra. Wellington sorriu com um jeito maníaco ao microfone.

Superestimulada pela música alta e pelas luzes relampejantes, Hyacinth correu para o palco e começou a pular para cima e para baixo. Com seus pulsos bombeando e pernas esperneando, ela era uma senhora visão. Até Celery pareceu ficar assustada.

– Eu nunca estive na TV! – Hyacinth deu um grito estridente. Madeleine, Theo, Garrison e Lulu ocuparam seus lugares atrás de uma fileira de pódios.

– Antes de começarmos o jogo de hoje de *O que Poderia Ser Pior?*, eu gostaria de agradecer à nossa patrocinadora de estúdio: eu mesma. Então, obrigada, eu mesma! – disse a sra. Wellington num tom alto e totalmente confiante. – E, lembrem-se, falem apenas quando eu lhes dirigir a palavra, e falem sempre que forem interpelados! Aaaaquiiiii vamos nós! Do grande estado de Rhode Island, temos a srta. Lulu Punchalower – acrescentou a sra. Wellington com sua estranha inflexão de animadora de auditório.

– E aí?

— E aí, Lulu, gostaríamos de saber o que poderia ser pior se você ficasse presa num banheiro sem qualquer janela?

Lulu olhou fixo para a sra. Wellington enquanto pequenas bolas de saliva explodiam de sua boca inteiramente cor-de-rosa.

— Humm, eu acho que gritaria, berraria e bateria na porta até que alguém me ouvisse.

— Só isso?

— Bem, eu entraria em desespero também. Meu olho esquerdo palpitaria e meu peito apertaria...

— Mas você não ficaria subitamente encharcada com leite coalhado?

— O quê? Não! — brincou Lulu, quando uma cascata de leite azedo encaroçado derramou sobre ela. — Isso fede! — disse, nauseada.

A sra. Wellington rapidamente apertou uma irritante campainha elétrica.

— Lembre-se, concorrente, fale apenas quando a palavra lhe for dirigida, a menos que queira ser encharcada com mais leite. E agora, vamos ao concorrente Theo Bartholomew, da grande cidade de Nova York!

Theo ficou paralisado, desanimado pela visão e pelo mau cheiro de Lulu.

— Então, Theo, gostaríamos de saber: o que poderia ser pior se você não espionasse seus irmãos e irmãs?

— Ah, eu não sei. Talvez violência, prisão, até morte! — disparou Theo de forma teatral.

— Sim, bem, essas coisas poderiam acontecer mesmo se você os estiver vigiando. Nós queremos saber o que de pior poderia acontecer se *você* não pudesse vigiá-los.

— Bem, eu poderia talvez envelhecer pelo menos dois anos no curso de uma noite, de tanta preocupação.

— Mas você não seria golpeado por um queijo mofado?

Theo se encolheu para o ataque de queijo mofado, mas ele não veio, para grande irritação de Lulu. A garota estava coberta de leite velho de duas semanas, mas convicta de que os outros sofreriam destinos semelhantes.

— Não, eu não acho que isso seja provável, a menos que estivéssemos num depósito de queijo velho — disse Theo com calma.

— E que tal ser salpicado com óleo de peixe?

Enquanto os lábios de Theo formavam uma resposta, um óleo grosso e fedido derramou sobre ele.

— Mas eu sou vegetariano! — protestou Theo, quando a sra. Wellington se virou para Madeleine.

— E agora, vinda lá do outro lado do oceano, Madeleine Masterson, nós gostaríamos de saber: o que poderia ser pior se uma aranha parasse perto de você num banco?

— Bem, eu poderia ficar terrivelmente tensa e nauseada, e então minha pele iria formigar quando eu começasse a lutar contra a ânsia de vômito.

— Mas mesmo que você de fato vomitasse, você não ficaria encharcada de mel e penas? — perguntou a sra. Wellington, enquanto uma mistura crua de mel e penas de galinha cobriu a jovem.

Garrison e Hyacinth, ambos tensos e na expectativa, observavam os sujos e fedorentos destinos de seus pares.

— Hyacinth, o mais jovem membro do grupo, do centro de Kansas City, gostaríamos de saber: o que poderia ser pior se você fosse deixada sozinha?

— Bem, eu choraria e ficaria realmente assustada e desorientada.

— Mas você não ficaria encharcada com água suja de banho de um dia inteiro, ficaria?

Hiacynth, com Celery em seu ombro, fechou os olhos quando a água escura cascateou sobre seu pequeno corpo.

Depois que Garrison foi empapado por um purê de peras mofadas, o imundo, viscoso, fedorento e mofado quinteto, tendo cada um deles experimentado o pior que lhes poderia acontecer, foi empurrado para fora com um jato de mangueira e mandado para os chuveiros.

CAPÍTULO 10

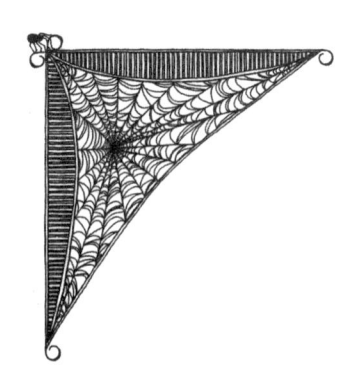

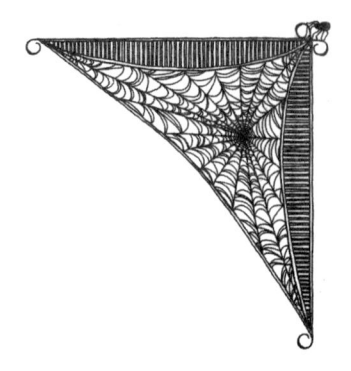

TODO MUNDO TEM MEDO DE ALGUMA COISA:

Somnifobia é o medo de dormir.

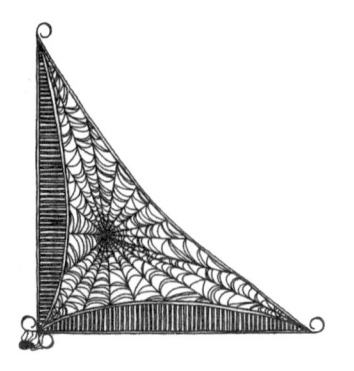

FERRENTE

O jantar foi uma coisa terrivelmente educada, comparado ao almoço. Não houve pratos esmagados nem mensagens de Celery. O dia longo e árduo havia esgotado todos mental e fisicamente, resultando em pouca ou nenhuma conversa no jantar. E quando Hyacinth pediu que a sra. Wellington obrigasse Madeleine e Lulu a deixá-la dormir no quarto delas, a velha senhora apenas deu de ombros. Aparentemente, ela também estava muito mais que um tanto exaurida.

Garrison, Theo e Macarrão pegaram rápido no sono, cinco minutos depois de retornarem aos quartos. Theo nem sequer se deu o trabalho de dar seu boa-noite mental aos seus pais e irmãos. Nessa noite, ele simplesmente fechou os olhos e se aninhou junto ao buldogue roncador.

Infelizmente, as garotas não foram tão bem-sucedidas na hora de dormir. Mas é importante lembrar que ambas tinham que encarar Hyacinth e Celery. A possibilidade de dormir sozinha em seu quarto havia levado Hyacinth a um estado de histeria absoluta.

– Por favor – disse Hyacinth, com grandes olhos de inseto, ao cair de joelhos em frente a Lulu –, só me deixem dormir no chão. Vocês nem vão saber que eu estou aqui. Celery e eu não roncamos nem falamos dormindo. Ficamos tão quietas que somos quase invisíveis.

– De jeito nenhum, menina. Eu aturei mais do que o suficiente de você e seu ferret hoje.

– Talvez estejamos sendo um pouco cruéis, Lulu – disse Madeleine. – Ela tem apenas dez anos.

– Sim, tenho só dez anos e sou imatura para a minha idade, por isso é como se tivesse oito. Quem deixaria uma garotinha de oito anos dormir sozinha numa estranha casa velha enquanto um ladrão está à solta, além daquele outro sujeito esquisito, Abernathy...

– Lulu – disse Madeleine de modo firme –, nós simplesmente não podemos deixá-la sozinha.

— Tudo bem — aquiesceu Lulu. — Você pode dormir perto da porta. Desse modo, se o ladrão entrar, ele tropeçará primeiro em você.

— Lulu, isso é moralmente correto? — protestou Madeleine. — Usar uma criança como um sistema de alarme?

— É totalmente certo. Estamos na zona cinzenta entre o certo e o errado. Não precisa se preocupar com nada, Maddie, eu juro.

Hyacinth e Celery estenderam seu saco de dormir cor-de-rosa em frente à porta enquanto Madeleine punha seu véu noturno e se arrastava para a cama. Lulu olhou Madeleine atentamente, lembrando-se dos dias em que ela insistia em usar o véu por toda a parte. Elas haviam evoluído muito desde o último verão. Talvez houvesse alguma coisa eficaz nos métodos da sra. Wellington, afinal.

Na outra manhã cedinho, Theo abriu os olhos castanhos sonolentos, incerto do que estava acontecendo. Ele não conseguia definir, mas algo estava terrivelmente errado. Tentou chamar Garrison, mas não conseguiu. Parecia haver alguma coisa entalada em sua boca. A mente de Theo de imediato pensou no ladrão. Seria possível ele ter sido amarrado durante o sono? Mas, espere, seus braços e pernas estavam inteiramente livres. Theo levantou devagar o braço direito da cama. Seu estômago começou a roncar quando aproximou a mão da boca. No momento em que a ponta de seus dedos agarraram uma coisa dura, parecida com uma meia de lã, o garoto começou a transpirar. Ele começou a puxar o objeto para fora de sua boca. Segundos depois, ele reconheceu o que era: um ferret.

Theo sentou-se, puxando a cabeça de Celery por sobre seus lábios. Com lágrimas nos olhos, ele olhou para a cara do ferret e tentou gritar, mas Celery havia deixado pelos demais em sua boca, silenciando seu uivo de enregelar o sangue. Quando ela saiu correndo em disparada da cama de Theo, o garoto transtornado virou-se para Garrison, que ainda estava desmaiado. Concluindo que Madeleine e Lulu seriam mais úteis, ele disparou pelo banheiro até o quarto das garotas. Lulu e Madeleine estavam dormindo profundamente quando ele entrou num atropelo.

— Socorro! Socorro! — gemeu Theo roucamente. — Eu acho que peguei *ferrenite*!

— Theo, o que está acontecendo? — disse Madeleine, ainda zonza de sono, ao sentar-se na cama. — E o que é isso no meu pé? — berrou ela, jogando os cobertores para trás. Não era ninguém senão Hyacinth Hicklebee-Riyatulle.

— Bom dia, Mad Mad!

— Bom dia, Hyacinth. Você se incomodaria muito de explicar por que está na minha cama?

— Tenho toda a certeza de que meu problema tem prioridade, Maddie! – disse Theo firmemente. – Por que eu acordei com seu ferret dentro da minha boca?

— Uau, isso é... obsceno – gaguejou Lulu, afastando o cabelo do rosto.

— Celery às vezes faz isso quando está com frio. Eu durmo com a boca fechada, de modo que não é um problema para mim.

— Eu já estou sentindo a *ferrenite* tomar conta de mim – gemeu Theo, pondo a mão na garganta. – Posso morrer a qualquer momento. Honestamente, estou um pouco surpreso por ainda estar aqui.

— Credo, Theo. Você inventou essa doença – disse Lulu, revirando os olhos sonolentos.

— Inventei mesmo – admitiu Theo –, mas apenas como uma definição provisória, até que eu perceba a fundo os meus sintomas.

— Sintomas? – perguntou Madeleine. – Você parece bem. E Hyacinth nos contou que Celery está em dia com as vacinas.

— Hyhy – corrigiu Hyacinth antes de continuar: – Não se preocupe, Theo, depois que Celery foi sequestrada por um garoto louco da minha classe e eu tive que pagar o resgate com meu sanduíche de queijo, concluí que era uma boa ideia vaciná-la outra vez.

— Eu meio que estou com desejo de um sanduíche de queijo; isso não pode ser bom! – gritou Theo.

— Theo, você está sempre com desejo de sanduíches. A única pessoa que pensa em comida mais do que você é Macarrão – respondeu Lulu. – E ele é um buldogue inglês. Está em seus genes.

Com medo nos olhos e um pouco de pelos ainda na boca, Theo saiu correndo do quarto, descendo pelo corredor, e passou por uma sra. Wellington careca e trajando pijama na escadaria.

— Para onde diabos você está correndo, Gorducho? O café da manhã só ficará pronto dentro de meia hora.

Theo ignorou a sra. Wellington, pulando dois degraus de cada vez. Passou pelo vestíbulo e pelo Grande Salão, até finalmente chegar à cozinha. O garoto caiu de joelhos de forma dramática no piso de linóleo cor-de-rosa, junto a Macarrão.

— Schmidty, eu contraí alguma coisa daquele ferret, você sabe, aquele de pelos cinzentos?

— Sr. Theo, até onde sei, há um único ferret em Summerstone, de modo que, sim, eu sei exatamente de quem o senhor está falando.

— Aquela garota malvada, e não estou falando de Lulu, que de vez em quando me dá um soco enquanto diz que está me fazendo uma saudação com o punho...

— Talvez seja hora de procurar novos amigos, sr. Theo.

— Estou morrendo, Schmidty! Morrendo! Não tenho tempo para fazer novos amigos. Do jeito que as coisas vão, eu não sei como será meu funeral. Estamos nas férias de verão, todo mundo estará fora da cidade. Oh, não, um funeral ruim. Isso é ainda pior do que uma festa de aniversário ruim. Graças aos deuses que tenho uma família grande – gemeu Theo. – E você virá, certo? Posso contar com você, Schmidty?

— Caro sr. Theo, a probabilidade de que eu sobreviva a você é de um bilhão para um.

— Bem, são os percalços de pegar *ferrenite* por causa de um ferret dormindo em sua boca. Verdade! Esse pequeno ferret medonho rastejou para dentro da minha boca e dormiu nela. E *ele* deixou isso acontecer – disse Theo, furioso, apontando para Macarrão. – Ele estava perto de mim roncando, de vez em quando até soltando gases, e não se deu o trabalho de me despertar e dizer: "Ei, amigo, tem um ferret em sua boca..."

— Macarrão nunca foi bem um cão vigia. Embora tecnicamente seja o que ele faz de verdade. Ele observa as coisas acontecendo, mas nunca sente necessidade de se envolver.

— E pensar que eu ia lhe dar um *patacure* hoje! – advertiu Theo. – Eu estava planejando um brilho rosa leve, que combinaria muito bem com sua cobertura de pelos. Mas você pode esquecer. E se eu morrer, nem *pense* em faltar ao meu funeral, Macarrão!

– Você dará um pedicure a todos hoje? – perguntou Schmidty com entusiasmo.

– Schm, você sabe que eu amo você, mas eu vi seus dedões – disse Theo quando se lembrou das unhas tortas e sujas dos dedões de Schmidty. – Você precisa de ajuda profissional.

– Não precisamos todos nós, sr. Theo?

– *Ahhhhhhhh!!!!!* – berrou Hyacinth lá do segundo andar, fazendo Theo, Schmidty e Macarrão levarem um susto.

– Oh, minha nossa! – disse Schmidty, rumando para o Grande Salão.

– Aonde você vai, Schmidty? Eu estou com *ferrenite*! Tenha misericórdia dos jovens e roliços!

Como se nada mais estivesse acontecendo, a voz da sra. Wellington de súbito ressoou pelo Grande Salão:

– Schmidty! Pegue o tutu! Precisamos sair daqui imediatamente!

CAPÍTULO 11

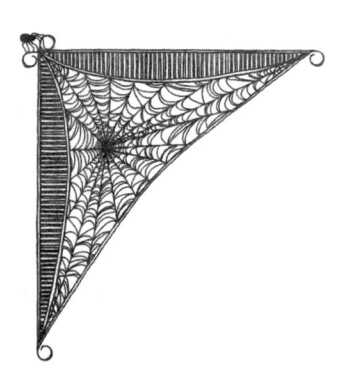

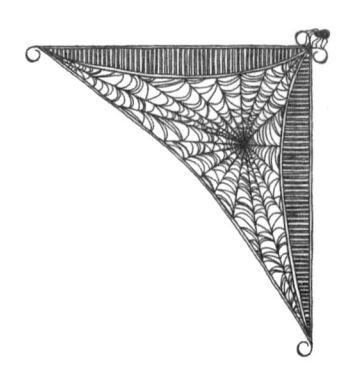

TODO MUNDO TEM MEDO DE ALGUMA COISA:

Emetofobia é o medo

de vomitar.

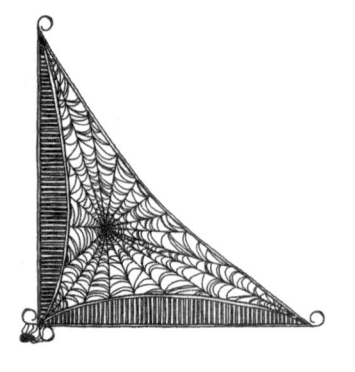

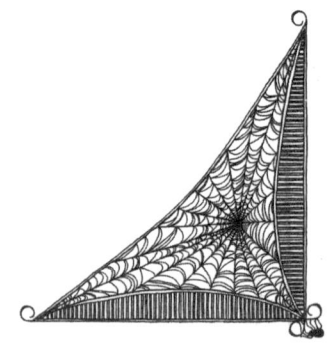

Madeleine ainda estava um pouco cansada quando Theo saiu correndo à procura de uma vacina para *ferrenite*, de modo que decidiu fechar os olhos de novo. Antes da intrusão de Theo, ela estivera perambulando mentalmente pelas pequenas e ventosas ruas de Londres em seu elegante uniforme escolar. Embora não conseguisse explicar por quê, o sonho a deixou um tanto saudosa de casa.

O ano anterior havia sido o mais feliz da sua vida. Pela primeira vez, Madeleine tinha uma verdadeira vida social, cheia de festas do pijama, chás da tarde e passeios na Kensington High Street. Antes de mergulhar na total nostalgia, Madeleine lembrou-se das coisas que faltavam em Londres, com mais destaque para o sol consistente e para Garrison. Foi a lembrança de Garrison que fez a jovem abrir os olhos novamente.

Passaram-se alguns segundos enquanto ela ficou olhando de esguelha, desesperada por focalizar os olhos apropriadamente. Depois de anos imaginando ver aranhas por toda a parte, a garota havia se tornado um tanto perita em refocalizar. Só que dessa vez ela não conseguiu afastar da mente a imagem de uma aranha. E por uma boa razão: era de fato uma aranha. A apenas cinco centímetros do rosto de Madeleine, uma aranha marrom e vermelho-vinho se balançava. Ela quis gritar, mas temeu que Hyacinth, que ainda dormia aos seus pés, se movesse de forma abrupta. Madeleine estava agudamente consciente de que qualquer movimento rápido poderia levar a um confronto entre sua pele e aqueles pelos.

Fechou os olhos uma última vez, num desejo desesperado de fazer a aranha desaparecer. Enquanto rezava em silêncio, Madeleine sentiu um baque sobre a cama. Ela abriu os olhos devagar, esperando que tudo houvesse sido um sonho. Mas a aranha ainda estava lá, tendo agora apenas um grande amigo com ele. (Madeleine sempre supôs que as aranhas eram do sexo masculino. Ela muito candidamente as considerava assustadoras demais para serem fêmeas.) Errol, o gato, olhava a aranha com uma espécie de transtornado respeito. Era muito difícil saber se Errol desejava comer a aranha ou sentar-se ao seu lado para bater papo. Com um brilho indecifrável nos olhos, Errol envolveu devagar a aranha em sua pata, balançando a criatura de modo precário sobre o rosto de Madeleine o tempo todo.

A vida de Madeleine, ao menos até onde lhe dizia respeito, dependia do capricho de um gato. E como todos sabem, gatos são terrivelmente indignos de confiança. Ora, é normal para um gato parar em meio às refeições, em meio a uma brincadeira ou a uma soneca, para se banhar com a língua. E se Errol fizesse isso bem agora? O gato deixaria aquela aranha enorme cair sobre seu rosto! Era quase demais para Madeleine compreender. Enquanto seu estômago rosnava, Madeleine empurrou-se contra o colchão com toda a força. Embora, irracionalmente, ela esperasse que o colchão fosse engoli-la por inteiro. Mas claro que isso não aconteceu. Em vez disso, Errol, ainda balançando a aranha sobre o rosto de Madeleine, sentou em seu peito.

Com a adrenalina bombeando em seu corpo, Madeleine quicou para cima, empurrando tanto Errol quanto a aranha para o ar. O que aconteceu depois se repetiria anos a fio na mente impressionável de Madeleine. Enquanto a garota de pijama cor-de-rosa disparava para a porta, o domínio incerto de Errol sobre a aranha se rompeu. O gato jogou suas pernas e inflou os pelos, zarpando em direção a Hyacinth, que ainda dormia na cama de Madeleine. Ele se chocou contra o peito of Hyacinth, fazendo-a gritar ao se erguer com o choque. Enquanto isso, a aranha marrom e vermelho-vinho fez espirais no ar, aterrissando na testa de Madeleine. Nessa fração de segundos, Madeleine não pensou. Não raciocinou. Ela simplesmente deu um tapa na própria cabeça. E não foi um tapa leve, foi uma força da natureza. Tão forte foi o golpe que Madeleine na verdade se desequilibrou.

– Não! – gritou Lulu ao saltar da cama e correr em direção a uma Madeleine de aparência aturdida.

Tristemente, Lulu chegou tarde demais; tarde, tarde demais. A testa de alabastro de Madeleine estava coberta de restos de atropelamento de aranha. Em meio a uma boa quantidade de intestinos e matéria viva estavam as patas grossas e peludas da criatura.

– Lulu – disse Madeleine de forma débil –, não é verdade que... não é? Eu imaginei tudo isso. Eu devo ter sonhado, certo?

— Maddie, quero que você fique calma. Tudo vai ficar Ok. Eu só vou pegar um pano...

— Deus salve a rainha! — murmurou Madeleine, e vomitou e desmaiou ao mesmo tempo.

Quando despertou, ela encontrou mais que uma confusão: deparou-se com uma cena de crime. De sua cama, ao erguer os olhos, viu uma multidão de rostos familiares exibindo tanto preocupação quanto náusea. Suas bochechas arderam de vergonha quando ela percebeu o cheiro pungente de vômito no ar. Todos continuaram a falar alto enquanto ela tentava compreender o que havia ocorrido. Como era possível que uma aranha daquelas a tivesse encontrado? Fora simples azar ou poderia ter sido alguma coisa mais sinistra? Madeleine fixou os olhos em Hyacinth, que agora estava vestida com um terninho roxo. Será que a menininha peculiar não a trouxera? Por mais que Madeleine desejasse culpar alguém, ela simplesmente não achava que uma menina de dez anos pudesse ter feito aquilo.

— Maddie, você despertou — disse Garrison com doçura, levantando seu ânimo enfraquecido.

— De onde veio a aranha? — perguntou Madeleine de forma dócil ao se sentar na cama.

— Não há uma maneira fácil de responder a isso — murmurou a sra. Wellington, embaraçada.

— Por favor, responda, sra. Wellington — suplicou Madeleine enquanto o ritmo de seu coração começava a disparar —, por favor...

— Fomos roubados outra vez ontem à noite...

— Oh, bem, eu lamento muito — disse Madeleine com imenso alívio, pois pensara que as más notícias tinham relação com a aranha.

— E, além de roubar dois dos meus retratos, o ladrão também conseguiu derrubar algumas coisas.

— Oh, que pavoroso! Schmidty conseguiu arrumar tudo?

— Não, querida, embora seja muito gentil de sua parte sugerir isso, já que Schmidty não é o zelador que ele um dia foi...

— Madame — interrompeu Schmidty. — Eu lhe imploro para não mudar de assunto.

— Oh, sim, é claro. Em todo caso, enquanto vasculhava a casa, o ladrão entrou em alguns jarros no pensionato. Nem todos os compartimentos foram abertos, graças aos céus, ou estaríamos com alguns pítons da Bermuda em nossas mãos. No entanto...

— Oh, querida, isso não são boas notícias — disse Madeleine enquanto a comida de um dia inteiro se erguia até sua garganta.

— O ladrão derrubou urnas duplas e triplas.

— Eu sei que vou me arrepender de perguntar isso – disse Madeleine antes de engolir ruidosamente –, mas o que são as urnas duplas e triplas?

— Maddie – disse Garrison bem calmo –, às vezes a ignorância é realmente uma bênção.

— Sim, eu concordo com Gary nessa – deixou escapar Theo. – Eu na verdade não acho que você queira saber.

— Celery acha que você deve descobrir, mas eu não – disse Hyacinth com um sorriso. – E, por falar nisso, eu gostei tanto de dormir aos seus pés na noite passada! E, para sua informação, você não tem chulé algum.

— Decididamente, não é hora para isso, Hyacinth – disse Madeleine de forma severa.

Normalmente, Theo teria se alegrado com Madeleine por ela dizer a outra pessoa que não era hora para algo. Contudo, ele estava preocupado demais com o estado mental dela para celebrar.

— Companheiros, vamos ser realistas quanto à situação: ela vai descobrir de um modo ou de outro. Ao menos desse jeito ela estará preparada – disse Lulu, firme.

— Por favor, a senhora deve me dizer.

— A urna tripla contém as aranhas balinesas nas cores marrom e vermelho-vinho. Você parece já estar mais ou menos familiarizada com elas – disse a sra. Wellington com um sorriso sem graça. – E as urnas duplas contêm os besouros búlgaros. Mas não precisa se preocupar, nenhum deles é venenoso. Para falar a verdade, os besouros são reconhecidos por seu intelecto no Leste Europeu.

— Quantas dessas criaturas horríveis estão à solta? — sussurrou Madeleine, histérica.

— Uma centena de cada — disse a sra. Wellington, estremecendo com a expectativa.

— *Ahhhhhh!!!!!!* — berrou Madeleine, abrindo a boca mais do que um hipopótamo.

— Tenho toda a certeza de que vi as amígdalas dela — murmurou Theo para Hyacinth, enquanto recuava diante do grito ensurdecedor de Madeleine.

— Não mencione amígdalas na frente de Celery; ela fica com inveja por não ter nenhuma. Celery queria muito que tirassem as suas para que pudesse ficar em casa, tomando sorvete o dia todo, de modo que pode imaginar como ela ficou desapontada quando soube que não tinha nenhuma — sussurrou Hyacinth em resposta.

Theo apenas balançou a cabeça em resposta à estranha tirada de Hyacinth sobre amígdalas de ferrets, antes de voltar sua atenção para Madeleine.

— Maddie, não se preocupe, eu não vou deixar que nada aconteça com você — disse Garrison de forma heroica.

— Garrison, como pode dizer isso? Você não é nem um exterminador treinado.

Se Madeleine não estivesse tão aterrorizada, poderia ter achado a promessa de Garrison romântica como ... *E o vento levou*. Mas ela estava preocupada demais lutando contra sua ânsia de vômito para se dar o trabalho de ficar ruborizada com o gesto machão de Garrison.

– Não posso ficar aqui. Summerstone é um poço de aranhas e besouros – gemeu Madeleine. – Centenas de aranhas e besouros à solta. Por favor, não posso suportar! Joguem-me pela janela! Ou apenas me matem! Eles podem estar em qualquer lugar! Absolutamente em qualquer lugar! Esperem! Eu acho que tem uma coisa na minha perna! O que é? Alguém olhe! Está se mexendo! – gritou Madeleine, esperneando sobre a cama.

– Srta. Madeleine, vamos partir assim que a senhorita estiver vestida. Temo que os insetos sejam apenas metade da história – proclamou Schmidty de modo soturno, antes de voltar os olhos para a sra. Wellington.

– O ladrão nos deixou uma mensagem meio perturbadora – disse a sra. Wellington, estendendo a carta para Madeleine.

Cara sra. Wellington,
Sabemos o que a senhora está fazendo. Encontre-nos às quatro da tarde para enfrentar as consequências. Se não aparecer, vamos revelar a todos a verdade sobre o que a senhora faz aí no alto da montanha. E se

aparecer de fato, mesmo assim vamos revelar a todos, mas ao menos a senhora terá a chance de se defender perante seus pares.

O concurso de beleza começa às quatro horas em ponto no parque Franklin, em Boston.

Os melhores votos
O Ladrão

– Eu achei isso na minha mesa na classe esta manhã – disse a sra. Wellington. – Está na cara que é de alguma velha rainha da beleza procurando uma revanche.

– Estou um pouco surpreso que o Ladrão tenha escrito "Os melhores votos". Quantos ladrões são educados desse modo? – perguntou Theo ao grupo.

– Aposto que Munchauser está por trás disso – disse Lulu com segurança. – Ele é um viciado em jogo, afinal de contas. Provavelmente se envolveu demais numa corrida de cavalos e está procurando por coisas para penhorar.

– Embora seja verdade que Munchauser um dia perdeu sua filha num jogo de pôquer, seu gato num jogo de xadrez e sua tia-avó Bertha num jogo de vinte e um – disse a sra. Wellington –, eu juro que não acho que ele um dia roubaria alguma coisa de mim. Na verdade, pensando bem, eu poderia imaginá-lo surrupiando alguns dólares aqui e ali, mas minhas perucas? O casco da Graça? Não, não acredito nisso.

– Nós precisamos ir logo se quisermos chegar a Boston a tempo – declarou Schmidty de forma enfática.

– É isso aí! – explodiu Hyacinth com entusiasmo. – Vamos pegar a estrada!

CAPÍTULO 12

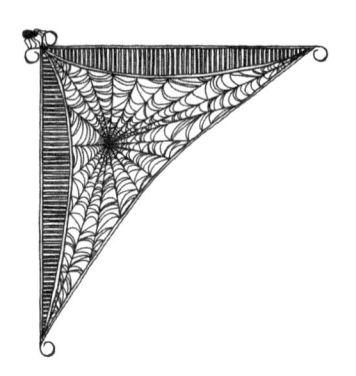

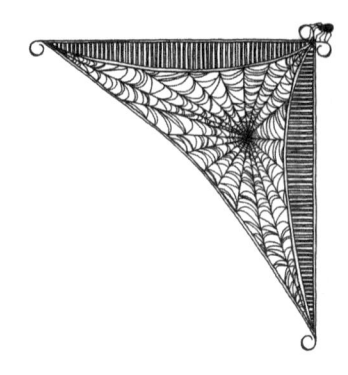

TODO MUNDO TEM MEDO DE ALGUMA COISA:

Gerontofobia é o medo

de pessoas velhas.

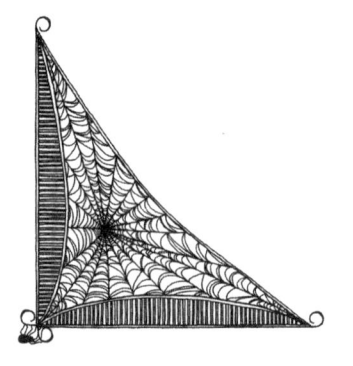

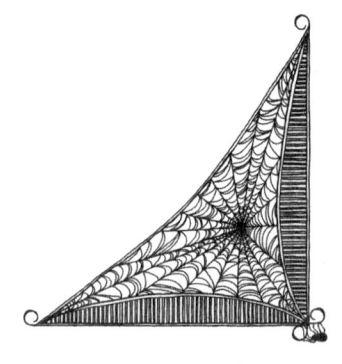

Madeleine sentou-se tristemente na varanda da frente de Summerstone, vestida com uma armadura corporal improvisada que consistia de uma touca de banho, seu véu noturno e uma capa de plástico impermeável supergrande. Em sua testa havia uma silhueta mais ou menos ampla da besta de quatro pernas que ela havia abatido com vigor. Tão detalhada era a impressão que Theo conseguia na verdade ver os pelos minúsculos das pernas da aranha.

— Theo, diga-me a verdade: é apavorante, não é? — disse Madeleine, nervosa.

– Oh, não – respondeu Theo depressa. – A gente mal nota a coisa, exceto quando olha para o seu rosto...

– Theo! – gritou Lulu. – O que há de errado com você?

– Sinto muito! Eu não havia elaborado bem minha mentira, e depois fiquei hipnotizado pelo detalhe da impressão, e fique sabendo que estou dizendo a verdade. Eu acho que aranhas podem ter poderes hipnóticos... então, não me acuse pela coisa insensível que eu disse... – Theo parou de falar quando Hyacinth colocou o ouvido contra a boca de Celery.

– Theo, Celery quer saber o que virá agora. Você está planejando perguntar a Madeleine sobre seus dentes tortos? Celery disse que você é um marshmallow supergrosseiro – falou Hyacinth com um sorriso.

– Desculpe, mas meus dentes são perfeitamente retos – corrigiu Madeleine antes de abrir bem a sua boca.

– Mas você é inglesa, não é?

– Sim, claro que sou.

– Celery pensou que todos os ingleses tivessem dentes ruins – murmurou Hyacinth. – Sinto muito. Você sabe como ferrets podem ser, sempre acreditando em estereótipos. Francamente, eu não tenho ideia de onde ela tira isso.

Felizmente para Celery, Madeleine estava preocupada demais com a impressão da aranha para se importar com o ferret preconceituoso.

— Você não acha que isso vai virar uma cicatriz, acha? Eu devo arrumar uma franja de imediato.

— Franja? – perguntou Theo.

— Cabelo cobrindo a testa pra vocês, americanos – explicou Madeleine. – Não posso passar a minha vida olhando para um rastro de aranha em minha própria cabeça. Pode imaginar algo pior?

— Oh, eu poderia *decididamente* imaginar algo pior, mas, bem, essa é a minha personalidade.

Lulu e Garrison olharam para Theo com frustração. O garoto era desprovido de todos os traquejos sociais.

— Foi uma pergunta retórica, não foi? – disse ele. – Eu na verdade odeio essas perguntas.

Theo e Hyacinth foram designados para manter Madeleine calma, enquanto Lulu e Garrison iam ver a sra. Wellington e Schmidty, que estavam empacotando o essencial para a viagem a Boston. Madeleine não se importava que estivessem indo para lá; tudo que lhe importava era sair de Summerstone. Isso era especialmente verdadeiro agora que ela se convencera de que aranhas e besouros eram animais que cruzavam entre si. A garota tinha absoluta certeza de que *beranhas* ou *asouros* estariam nascendo a qualquer segundo.

Lulu e Garrison entraram correndo no vestíbulo, os olhos vasculhando rápido as paredes à procura de aranhas ou besouros. De início, o interior de Summerstone pareceu desprovido tanto das bestas de pernas peludas quanto de seus amigos de cascas duras. Foi só quando Lulu notou um brinco se movendo numa das fotos de concurso de beleza que percebeu a enormidade da situação. Dois besouros haviam se escondido à vista de todos, sugando o lóbulo das orelhas da sra. Wellington na fotografia. Como os besouros sabiam fazer tais coisas poderia ser explicado de um único modo: os besouros búlgaros realmente eram os intelectuais da família *Tenebronidae*.

– Há um casal de besouros nas fotos de concurso de beleza – disse Lulu, chegando perto de Garrison.

– Olhe para as hidrângeas.

– Elas são mais espertas do que nós, ou ao menos mais do que Theo – disse Lulu, baixinho, quando notou uma aranha marrom e vermelho-vinho sair rastejando de debaixo das flores.

– Concorrentes! – gritou a sra. Wellington ao descer correndo os degraus num tutu cor-de-rosa plumoso. – Não temos um segundo a perder se quisermos chegar a tempo.

Schmidty, com uma valise na mão, veio gingando atrás da sra. Wellington. De modo estranho, o velho não parecia nem um pouquinho surpreso ou embaraçado pelo conjunto de tutu.

— Eu odeio ser preconceituosa — disse Lulu, examinando o ridículo traje de bailarina da sra. Wellington —, mas a senhora é idosa demais para usar isso. Então, vamos perder esse segundo e mudar esse figurino já.

— Oh, não seja uma neandertal em matéria de concurso de beleza, Lulu. Eu ganhei mais títulos do que posso contar com este tutu. Agora, realmente, devemos nos apressar. E, Schmidty, não esqueça de Macarrão e da arma.

— Espere um minuto. O que vamos fazer, de fato? Porque eu não acho que Theo se dará bem com uma arma e, francamente, nem eu — acrescentou Garrison. — Surfistas são todos pacifistas, lembram-se?

— Sr. Garrison, é uma arma de sinalização, para dar sinal ao xerife para nos pegar ao pé da montanha — disse Schmidty ao escancarar a pesada porta principal de Summerstone. — Não podemos nos demorar. Depressa!

A sra. Wellington, Schmidty, Macarrão, Lulu, Garrison, Madeleine, Theo e Hyacinth correram para o bonde vertical de Summerstone.

— Schmidty, tem certeza de que o BVS poderá suportar todo o nosso peso? — perguntou Theo. — Porque agora nós temos a sra. Wellington, Hyacinth e aquele ferret. E, com toda a franqueza, eu devo ter engordado um ou dois quilos nos últimos dias.

– Está bem, sr. Theo. Mas nós devemos mesmo nos apressar.

– Tem certeza absoluta de que nenhuma aranha, besouro ou espécie híbrida escapou com vocês? Vocês se examinaram totalmente? Porque, se eu encontrar outro inseto em cima de mim, nem sei dizer o que farei – declarou Madeleine de forma teatral.

Lulu sorriu com nervosismo antes de bater sutilmente em suas mechas ruivas e examinar o lóbulo de suas orelhas.

– Eu espero que alguém tenha trazido coisas para beliscar – gemeu Theo. – Tenho tendência a ficar mal-humorado quando viajo sem comida.

Escola do Medo

CAPÍTULO 13

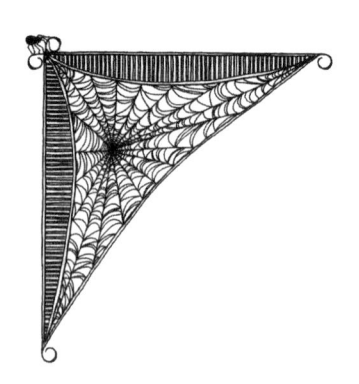

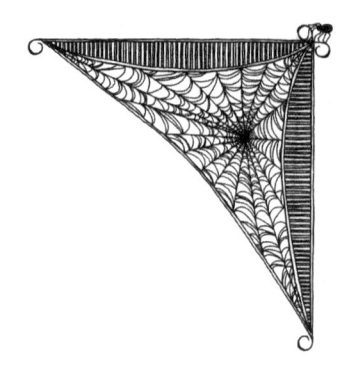

TODO MUNDO TEM MEDO DE ALGUMA COISA:

Amaxofobia é o medo

de dirigir carros.

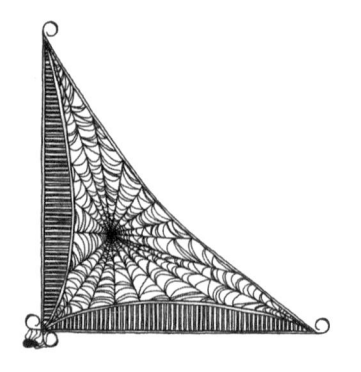

O xerife, vestindo um paletó cáqui e com um grande chapéu marrom, encostou uma surrada van branca na base de Summerstone. Até bem recentemente, a van havia sido puxada para cima e para baixo da montanha por um guindaste de madeira. Felizmente para todos os envolvidos, o sistema de transporte vertical estava agora no lugar. Embora olhar o bonde faiscar e chacoalhar pela montanha abaixo não fosse a mais tranquilizadora das visões.

Lulu se posicionou para ser a primeira a saltar do bonde. Assim que saiu, a garota logo se curvou para recobrar a compostura. O passeio montanha abaixo havia sido algo longo e penoso. Não importava que houvesse durado apenas quatro minutos, pareciam horas para Lulu. Enquanto a garota respirava profundamente, Theo desempenhou uma série de alongamentos, para grande espanto do xerife.

– Minha idade está de fato me afetando – disse Theo com um suspiro. – Tenho toda a certeza de que distendi um músculo na descida. Esses pequenos solavancos contra a montanha podem mesmo machucar um homem.

Incerto de como responder, o xerife simplesmente deu uma viradinha no chapéu para o garoto inquieto. Theo ficou logo impressionado pelo gesto e jurou comprar para si um chapéu de aba larga para o início das aulas. Ele se imaginou vasculhando os corredores à procura de desordeiros usando não apenas seu distintivo, mas também um chapéu. E nas vezes em que passasse por um professor altamente respeitado, ele daria uma viradinha no chapéu. A viradinha parecia muito mais misteriosa e elegante que o abraço de corpo inteiro, sua maneira habitual de cumprimentar as pessoas.

Schmidty, Macarrão, Hiacynth e Celery foram os últimos a sair do bonde. Macarrão puxou firme a guia e correu na tentativa de ficar o mais longe possível de Celery. O cão havia adquirido um medo compreensível de ferrets depois que Celery mordera uma de suas unhas antes de subir na boca de Theo. Verdade seja dita, tão traumatizante fora a experiência que Macarrão estava olhando até para os esquilos de um jeito diferente.

— Rápido, xerife! Não temos tempo para conversa fiada — insistiu a sra. Wellington, pulando para o banco dianteiro da van.

— Ela poderia ao menos ter perguntado; alguns de nós ficamos enjoados dentro de um carro — murmurou Theo ao se sentar no banco traseiro da van. — Algumas pessoas...

Assim que o xerife ouviu o último cinto de segurança ser fechado, disparou pela sombria estrada de paralelepípedos. O heterogêneo grupo de passageiros na van caiu num silêncio peculiar. Talvez fosse a proximidade da floresta, ou a falta de luz da pesada vegetação de trepadeiras pegajosas, ou até a respiração de Macarrão. Independentemente do motivo, o único som era o dos pneus cruzando os paralelepípedos.

A van fez a última curva, trazendo a borda da floresta à vista. A luz do sol brilhava do lado exterior dos bosques, criando uma luz real no fim do túnel. Quando a van desceu, Theo tossiu. Depois de alguns segundos, todos os passageiros da van, exceto o xerife, estavam olhando para ele com exasperação.

— Bem, já que todo mundo está prestando atenção, eu acho que podemos estabelecer algumas regras básicas — disse Theo, enquanto tentava tirar sua faixa de autoridade debaixo de seu suéter.

— Pare de se mexer, Theo. — Garrison repreendeu o garoto de forma áspera.

— Desculpem se vocês não podem ver minha faixa de monitor do corredor da escola neste momento. Como vocês devem saber, sou muito ligado a regras. Regras ajudam a todos. A sociedade precisa de regras e nós também. Podemos determinar que a regra número um é não se fingir de morto?

— Morto? — perguntou Hyacinth, intrigada.

— *Fingir* de morto — corrigiu Theo.

— Celery quer saber quem é que vai se fingir de morto.

— No verão passado a sra. Wellington fingiu morrer, e eu quero ter certeza de que ninguém está planejando ter uma morte fingida.

— Então, se você morrer, não vai ser fingimento? — concluiu Hyacinth.

— Exatamente — disse Theo depressa. — Epa, alto lá, eu não vou morrer!

Hyacinth então se inclinou para o ferret e fez que sim com a cabeça algumas vezes.

— Celery acha que vou morrer?

Hyacinth simplesmente sorriu e deu de ombros.

– Oh, não, Celery tem poderes paranormais?

– Theo, o que há de errado com você? – disse Lulu, impaciente.

– Lulu, animais podem pressentir essas coisas. Ou devo lembrá-la do gato que vivia na clínica? Ele ia às camas dos pacientes poucas horas antes que morressem e simplesmente se acomodava por lá e esperava. E se Celery for como o gato?

– Vamos pensar nisso de forma racional. Quais são as possibilidades de que Celery seja um ferret paranormal que possa prever sua morte? – disse Lulu com um olhar de desprezo. – Eu diria que cerca de uma em um bilhão.

– Estou sentindo um pouco de tontura – disse Theo de modo dramático. – Talvez seja um tumor cerebral.

– Sério, Theo, relaxa – acrescentou Garrison, antes de balançar a cabeça para o garoto melodramático. – Talvez precisemos acrescentar uma regra sobre melodrama também...

– Eu acabo de me lembrar de uma coisa... horrível. Aquele gato... o nome dele era Manteiga de Amendoim... como manteiga de amendoim no Celery, no aipo... vocês entendem a ligação? Dois alimentos que vão bem juntos. Isso é um sinal. Eu estou condenado.

– O nome do gato era Oscar – disse Lulu com irritação. – Como os cachorros-quentes de Oscar Mayer.

– Graças a Deus que sou vegetariano. Nenhum simbolismo alimentar aí. Foi por um triz.

Aborrecida pela loucura de Theo, Hyacinth virou-se para olhar pela janela. Ao longe ela via os telhados das lojas da rua Principal, a cúpula da rodoviária e o ajuntamento de casas. A van passou velozmente por casas de fazenda e velhos celeiros antes de dobrar para a idílica rua Principal de Farmington. Tudo bem parecido com o que poderia se esperar de um postal ou de uma propaganda, as famílias estavam caminhando pela rua Principal tomando sorvete de casquinha e rindo. Foi uma visão tão estranha para Hyacinth que ela ergueu Celery até a janela. Naturalmente, ferrets não são famosos por enxergar bem a distância, de modo que ela não viu coisa alguma.

No instante em que o xerife estacionou em frente à rodoviária, fez um sinal de concordância para Schmidty, abriu o cinto de segurança e pulou para fora da van. Mesmo caminhando em direção à rodoviária, ele teve tempo para dar uma viradinha no chapéu para cada família que passava. Theo, naturalmente, anotou em sua mente o quanto o gesto era bem-recebido pelo povo da cidade.

A sra. Wellington pulou para o lugar do motorista e Schmidty saltou rápido para o banco do passageiro da frente.

— Esperem um momentinho — disse Theo bem alto. — *Vocês* é que vão nos levar para Boston?

— Bem, é óbvio que eu não posso deixar o Schmidty dirigir; seu estômago não caberia atrás do volante.

— E ele é quase cego — acrescentou Lulu.

— Oh, pare com isso. Está tudo na cabeça dele. Homens da idade dele só querem atenção. Não há nada de errado com ele, exceto seu penteado.

— Por que o xerife não pode nos levar? — perguntou Garrison. — Ele parece sadio.

— Ele está em serviço. Não podemos ter um oficial que respeita a lei no carro, do jeito que eu precisarei dirigir.

— Eu vou ter problemas com toda e qualquer atividade contra a lei — protestou Theo. — Em outras palavras, o limite da velocidade deve ser seguido. Baseado em minha experiência de monitor do corredor da escola, sugiro dirigir bem *abaixo* do limite de velocidade. Como sempre digo: *para um corredor seguro se preservar, o melhor é a gente rastejar.*

— Então, esses slogans atraentes não são apenas sobre o meio ambiente? Sorte nossa — disse Lulu com uma revirada de olhos.

Demonstrando um controle incomum, Theo fez que não ouviu Lulu e continuou a falar com a sra. Wellington:

– Só porque diz sessenta e cinco não quer dizer que se tem que fazer sessenta e cinco. Eu acho que vinte e cinco numa rodovia é uma velocidade ótima. E eu ficarei mais do que satisfeito em viajar aí no banco da frente para ter a certeza de que nada sairá do controle.

– Como foi que fiquei presa numa viagem de carro com Theo *novamente*? – gemeu Lulu de forma ruidosa.

– Por sorte? Por amizade? Talvez uma mistura das duas coisas? – disse Theo com sinceridade.

– Gorducho, você vai ficar longe do banco da frente – disse a sra. Wellington com os lábios vermelhos como um carro de bombeiros. – Eu não terei atrasos nesta viagem, entende? Estou em vias de me defrontar com uma rival, não que eu esteja preocupada em ser derrotada, porque, vamos ser honestos, isso é impossível – afirmou a sra. Wellington com uma certeza categórica. – Mas, se nos atrasarmos, essa ameixa de concurso de beleza vai revelar a todos sobre minha escola!

– Certo, sra. Wellington, eu vou ignorar a questão do limite de velocidade, mas e quanto às paradas para ir ao banheiro? Eu estava pensando que seria a cada dez ou quinze minutos.

– Theo, não há necessidade nenhuma de você ir ao banheiro a cada dez ou quinze minutos, e, se você fizer isso, eu o deixarei nas mãos de um médico – disse Lulu com aspereza. – De preferência um bem malvado.

– Não estou falando por mim; estou falando como advogado de Macarrão.

– Deixe-me adivinhar: a advocacia animal é parte de seus deveres de monitor do corredor da escola – disse Lulu, sarcástica.

– Talvez – mentiu Theo, sem convencer.

– Não posso nem acreditar no tanto de divertimento que estamos tendo em nossa viagem! – gritou Hyacinth. – Eu só gostaria de ter uma câmera para documentar nossas horas felizes.

Quando Lulu se preparava para responder a Hyacinth, a sra. Wellington acelerou o motor. Sem verificar os retrovisores ou olhar para trás, ela cravou o pé no acelerador e disparou pela rua, enchendo a van com cheiro de borracha queimada.

CAPÍTULO 14

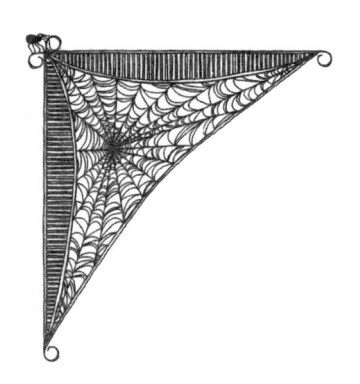

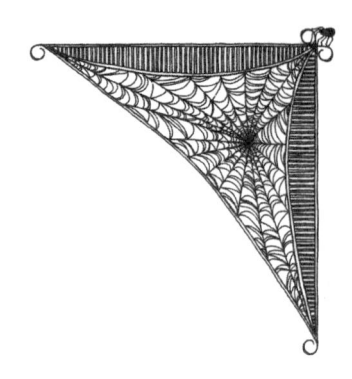

TODO MUNDO TEM MEDO DE ALGUMA COISA:

Neofobia é o medo

de qualquer coisa nova.

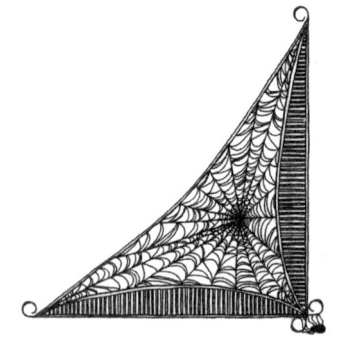

— Quanto tempo? – vociferou a sra. Wellington para Schmidty ao cruzar duas vias de tráfego sem olhar.

— Sabe quando você está tendo um pesadelo e percebe que é apenas um sonho, e um alívio repentino toma conta de você? – soluçou Theo. – Eu realmente quero que isso aconteça agora.

— Eu falei para verificar o tempo, Schmidty – rugiu a sra. Wellington ao embarricar pela rodovia 90 sem se preocupar em permanecer na mão certa.

— Temos uma hora, Madame, de modo que eu lhe peço para evitar dirigir de marcha à ré na estrada – disse

Schmidty, ao se agarrar ao painel com as juntas dos dedos esbranquiçadas. – E, por favor, tente ficar dentro das filas ou pelo menos bem perto delas.

– É assim que todos os americanos dirigem nas rodovias? – gemeu Madeleine. – Não me admira que as pessoas se queixem dos turistas americanos.

– Celery está enjoada com todas essas manobras – proclamou Hyacinth.

– Celery tem sorte de ainda estarmos vivos – disse Theo, antes de enxugar a testa suada e romper em lágrimas. – Eu não quero morrer de estômago vazio!

– Theo – disse Garrison, inclinando-se para agarrar os ombros do garoto –, você precisa se acalmar. Você está com seu cinto de segurança, e a van tem air bag. Você com certeza vai sobreviver.

– Hum, eu acho que falo por todos nós ao dizer que queremos mais do que sobreviver. Queremos evitar um acidente também. Está me ouvindo, velha senhora de tutu? – gritou Lulu, cobrindo o olho esquerdo, que palpitava.

– Seria muito inconveniente parar numa loja de ferragens no caminho para o concurso de beleza? – perguntou Madeleine. – Eu adoraria comprar um véu apropriado e alguns repelentes.

— Não é hora para isso de jeito nenhum — disse Theo a Madeleine com imensa satisfação.

— Ei, sra. Wellington? — resmungou Garrison ao ver a mulher idosa passando batom diante do espelho retrovisor. — Eu acho que a senhora esqueceu uma coisa.

— O quê, Esportista?

— Que está dirigindo!

— Oh, é mesmo — disse a sra. Wellington, agarrando o volante e virando-o abruptamente para a outra direção.

A van cruzou pelo meio de numerosas vias de tráfego, provocando uma tempestade de buzinadas e nuvens de fumaça de borracha queimada. Os carros precisaram fazer uma parada brusca quando a van adernou pela rodovia, perigosamente à beira de causar um congestionamento.

— *Ah!!!!!!!!* — gritou Theo antes de pôr as mãos sobre os olhos.

— Não é amável, todos esses motoristas abrindo espaço para mim? Oh, e lá vem um desfile!

— Madame, eu acho que é um oficial de polícia — entoou Schmidty.

— Oh, não seja bobo, tem música.

— É a sirene.

— A *o quê?*

— Estacione, Madame.

— Não temos tempo. Estamos com muita pressa. Você sabe que não se pode atrasar para um concurso de beleza, especialmente quando alguém está chantageando você.

— Sim, mas eu temo que devemos nos apressar ou eles podem nos prender.

— Nos prender? De jeito nenhum. Eu me recuso a ter meu rosto fotografado enquanto minha peruca estiver neste estado!

A sra. Wellington suspirou antes de pisar com violência nos freios.

— Madame! Não! A senhora tem que estacionar fora da rodovia.

— Francamente, todas essas regras! É uma dor de cabeça terrível em matéria de informações inúteis. Tudo que você precisa saber é como girar uma chave. O carro faz o resto.

— Oh, Madame – disse Schmidty, balançando a cabeça –, tanta coisa na sua vida é simplesmente... errada!

— Não temos tempo para cumprimentos. Dê um jeito nesse homem, e vamos seguir em frente – disse a sra. Wellington quando um patrulheiro da rodovia bateu em sua janela. – É vidro! – gritou a sra. Wellington. – Você não pode enfiar a mão por ele!

— Senhora, preciso que abaixe o vidro da janela e me passe sua licença e registro.

— É claro — disse a sra. Wellington, virando-se para Schmidty. — A valise, por favor.

A sra. Wellington remexeu em pilhas de papéis e bugigangas e puxou um grande e envelhecido documento cor-de-rosa.

— Aqui está minha licença, oficial.

— Senhora, isto é uma licença de cosmetologia.

— Isso é muito correto, mas devo admitir que não faço um tratamento facial há anos, de modo que, se nos der licença, devemos ir andando.

O oficial recuou e olhou para a van com desconfiança.

— Senhora, de quem são essas crianças?

— Oh, quem sabe? Eu mal posso me lembrar do meu próprio nome, quanto mais dos nomes dos pais delas. Agora, oficial, se me der licença, estou com muita pressa para chegar a Boston para um concurso de beleza, de modo que tenho certeza de que o senhor entenderá se continuarmos este papo depois, talvez em algum lugar mais civilizado, como a minha mansão.

— Senhora, eu terei que levá-la.

— Para onde? Está tentando me recrutar para a patrulha da rodovia? Isso simplesmente não acontecerá; eu nunca fiquei bem de bege. Talvez vocês possam me convocar quando tiverem uniformes cor-de-rosa ou cor de lavanda.

– Senhora, eu vou prendê-la.

– Não seja ridículo. Chame o governador; ele me conhece muito bem.

– Certo – disse o oficial com sarcasmo –, e depois chamarei o presidente.

– Oh, por favor, não. A mulher dele ficaria tão enciumada!

– Senhora, eu vou prendê-la.

– Oh, muito bem. Chame o presidente. Verá se eu me importo.

– Preciso que todos desçam da van.

A ida até o posto policial foi um tanto monótona, exceto naturalmente pela constante insistência da sra. Wellington em chamar o governador. Assim que chegaram lá, a sra. Wellington e Schmidty foram colocados numa pequena cela enquanto os garotos foram levados para dentro de um escritório para serem interrogados.

Sentados em uma mesa redonda, Theo, Lulu, Garrison, Madeleine e Hyacinth foram colocados de forma desconfortável diante de um grande espelho unidirecional.

– Theo, Celery não quer que você mencione, no brinde de casamento, que fomos presos. Eu não me importo, é claro, mas você conhece Celery... tão conservadora! – balbuciou Hyacinth, nervosa. – Mas, se for para ser presa, que seja com meus melhores amigos! Oh, minha nossa, seremos os melhores amigos atrás das grades!

Ignorando os comentários de Hyacinth, Theo começou a andar em círculos pela pequena sala.

— Tudo que posso dizer é que dou graças aos céus por ter assistido àquelas temporadas especiais daquela série criminal *Law & Order*, ou eu estaria bem apavorado.

— Nós quase batemos umas cem vezes na rodovia, estamos num posto policial esperando ser interrogados, e estamos atrasados para um concurso de beleza em que uma das rivais da sra. Wellington poderá revelar a existência da escola. Como é que a minha vida ficou desse jeito? — perguntou Garrison, jogando as mãos para o alto.

— Sinto que a resposta para essa pergunta pode tomar tempo demais para o pouco tempo que temos aqui. Você se importa de voltarmos ao assunto depois? — perguntou Theo, sério.

Quando Garrison balançou a cabeça para ele, uma policial grande e intimidadora entrou na sala com uma bandeja de doces e um sorriso realmente aberto.

— Olá, amigos. Como está todo mundo hoje? — perguntou ela ao puxar uma cadeira. — Sou a oficial Patty, e vou lhes fazer algumas perguntas. Mas, primeiro, alguém quer um doce?

— Eu quero! — disse Theo depressa.

— Sua mãe não lhe ensinou a não aceitar doces de estranhos? — perguntou Lulu, severa.

– Você não estava ouvindo? O nome dela é oficial Patty, de modo que ela dificilmente será uma estranha.

– Um estranho é alguém que você não conhece, e nós não conhecemos a oficial Patty. Por isso, devolva a barra de chocolate.

O rosto de Theo ficou torturado de infelicidade e angústia quando deixou a barra de chocolate cair de volta na bandeja. Depois de todas as infrações e experiências quase mortais na rodovia, ele realmente precisava de um reforço de açúcar.

– Sou uma oficial da polícia. Vocês podem confiar em mim – disse a oficial Patty com um sorriso para Theo. – Agora, quem é que quer me contar o que aconteceu?

– Olá, oficial Patty – começou Theo. – Meu nome é... Th-Hank... sim, meu nome é Thank... que significa *obrigado*... meus pais são campeões em matéria de polidez. Eu realmente gostaria que não fizéssemos aquela coisa toda de impressões digitais ou bater foto dos nossos rostos... Quero manter essa situação fora do meu currículo escolar, se possível... poderia tornar minha reeleição bem difícil...

– Thank – disse Lulu –, ela não vai prender você, portanto pode relaxar. Sua posição de monitor do corredor da escola está garantida.

— É verdade, oficial Patty, sou um de vocês... um cara que carrega um distintivo... bem, na verdade, o meu é mais uma faixa, mas...

— Thank? Talvez você pudesse parar de falar um pouquinho? — interrompeu Lulu. — Oficial Patty, nós precisamos ser liberados e a sra. Wellington também.

— Quanto a essa sra. Wellington... — disse a oficial Patty enquanto puxava um caderno de anotações. — Quem é ela, exatamente?

— Ela é nossa...

— Não fale! — interrompeu Madeleine.

— Ela é nossa conselheira de acampamento — finalizou Lulu.

— Sim, ela é nossa conselheira de acampamento! — reforçou Madeleine com entusiasmo.

— Qual é o nome desse acampamento? — perguntou a oficial Patty, desconfiada.

— Acampamento Theo — disse Theo com um enorme sorriso.

— Acampamento Theo? Nunca ouvi falar dele.

— Oh, sim, é um lugar pequenino na floresta, onde todo mundo se cumprimenta com um olá, a cozinha nunca fecha — disse Theo com uma expressão pensativa — e há sempre um chocolate no travesseiro da gente.

— Isso parece *tãoooo divertido!* acrescentou Hyacinth.

Ali por perto, a sra. Wellington e Schmidty estavam sentados numa cela apertada e encardida. A sra. Wellington tapava o nariz enquanto Schmidty tentava abanar a área diante de seu rosto. Dois oficiais estavam do outro lado da grade, olhando fixo para o estranho par, como quem observa animais num zoológico.

— Perdoem-me, jovens, mas eu devo sair daqui. Há uma coisa extremamente importante acontecendo hoje, e eu não tenho tempo para ficar presa. Não podemos reprogramar essa coisa toda para uma data posterior? Eu poderia até trazer sanduíches e pastéis.

— Madame, a senhora é realmente uma peça rara — disse um oficial, balançando a cabeça, incrédulo. Em todos os seus anos como policial, nunca lidara com uma mulher trajando tutu, quanto mais com uma que estivesse acompanhada por um homem que ostentava o penteado mais rebuscado da Nova Inglaterra.

— Tudo bem, trarei rosquinhas — disse a sra. Wellington, irritada. — Agora, vamos adiar esta besteira de encarceramento?

— Se posso interromper, oficial, não temos direito a um telefonema? — perguntou Schmidty com calma.

— Sim, a lei diz que vocês podem fazer um telefonema — disse o oficial, levando o telefone até as grades. —

É melhor que tenha alguém em casa, porque não estou me sentindo muito generoso hoje.

— Graças aos céus você viu filmes o bastante para conhecer nossos direitos — disse a sra. Wellington a Schmidty ao discar.

A sra. Wellington tirou seu falso brinco de diamante e pressionou o velho telefone preto contra o ouvido. Com um aperto no peito, ela olhou para o relógio e viu que o tempo estava se esgotando. Quando a pressão sanguínea da idosa disparou, ela fechou os olhos e disse uma prece silenciosa para que a situação fosse remediada.

— Alô? Munchauser? — cuspiu a sra. Wellington ao telefone. — Fui presa e estou atrasada para um concurso de beleza para pegar o ladrão... oh, é uma longa história... chame o governador e lembre onde ele estaria se não fosse eu... não, esse era o presidente... o governador tinha medo de ser abduzido por discos voadores... quem é a Delícia da Aurora? Você está nas corridas? Você tem cinco minutos para dar um jeito nisso ou será despedido... oh, e eu aposto vinte na Delícia da Aurora.

Exatos quarenta minutos e vinte e oito segundos depois, o telefone tocou. O primeiro oficial esfregou a cabeça ao atendê-lo. Depois, passou o telefone para outro oficial, que ouviu e fez que sim antes de passar o telefone para mais outro oficial. O terceiro e último oficial resmungou alguma coisa para o telefone antes de recolocá-lo com violência no gancho.

O barulho do receptor em sua armação de plástico pôs a sra. Wellington de joelhos, literalmente. Os joelhos da idosa cederam mesmo com o choque e ela caiu no chão de cimento manchado.

– Estamos perdidos – murmurou a sra. Wellington ao abaixar a cabeça. – Nunca chegaremos a tempo no concurso de beleza.

ESCOLA DO MEDO

CAPÍTULO 15

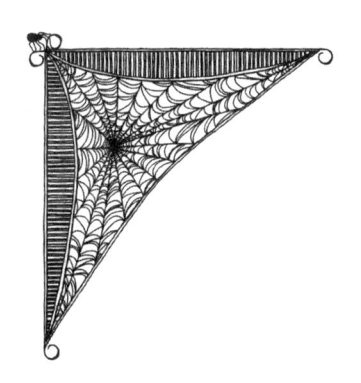

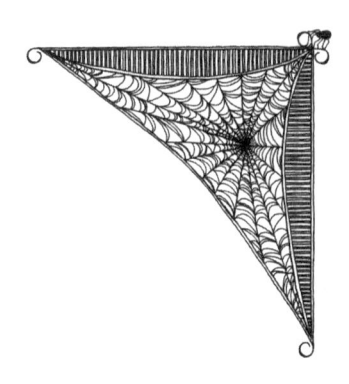

TODO MUNDO TEM MEDO DE ALGUMA COISA:

Cronofobia é o medo

de relógios ou do tempo.

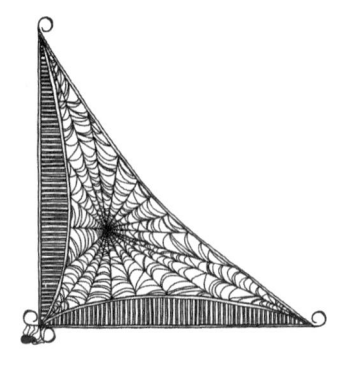

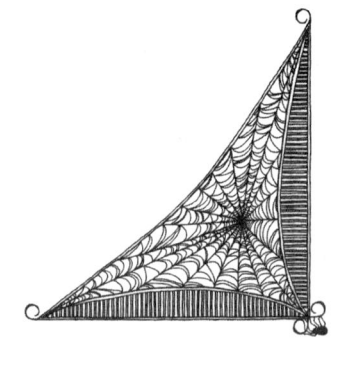

O ar havia ficado seco e espesso na sala fechada desde que a oficial Patty finalizara seu interrogatório. Hyacinth havia pegado no sono com Celery enfiada habilidosamente em sua camisa. Perto dela, Lulu mexia no cabelo enquanto lançava olhares hostis para a oficial Patty. Embora tenha ficado a princípio irritada com os olhares agressivos de Lulu, a oficial logo encontrou consolo numa barra de chocolate em mau estado.

Ver a oficial Patty saborear a barra de chocolate foi quase mais do que Theo poderia suportar. O garoto estava em agonia absoluta enquanto decidia se devia ou não ceder às suas ganas por açúcar. Uma bandeja cheia de doces estava a poucos centímetros de distância, zombando dele sem compaixão. Theo nunca teve autocontrole algum quando o assunto era doces, o que tornava isso ainda mais penoso. Se Lulu e os outros desviassem os olhos por apenas dez, talvez vinte segundos... Era todo o tempo de que precisava para engolir uma barra de chocolate inteira. Estava mais do que disposto a passar por cima da mastigação.

Quando sua mão se moveu devagar em direção à bandeja de guloseimas, Lulu esticou a cabeça em sua direção. Com um olhar feroz como aço, ela balançou a cabeça de forma significativa. Era claro: aceitar os doces era equivalente a traição. Theo pensou que Lulu estava levando sua lealdade um pouco longe demais, mas que chance ele teria?

A gula de Theo gritava silenciosamente, enquanto Garrison dava um passo para trás e para a frente diante do espelho unidirecional. Ele não estava certo de que havia alguém atrás dele, mas a mera possibilidade de haver o incomodava. Isso não era nenhuma espécie de reality show, onde garotos exibiam seus medos para a câmera, Garrison pensou, passando os dedos pelas emaranhadas mechas louras.

Pela primeira vez, Madeleine não tinha nenhum interesse em Garrison. Toda sua atenção estava voltada para o relógio rachado na parede. A velocidade com que o ponteiro dos segundos se movia deixou-a atônita. Nunca um segundo se passara tão rapidamente. O tempo estava passando *tão rápido* assim? Sintonizando seu Theo interior, Madeleine baixou os olhos sobre as mãos, meio que esperando ver manchas senis e rugas. Oh, meu Deus, pensou a garota, a cadeia estava mesmo a afetando!

Bem quando ela se preparava para pedir um copo de água e talvez um médico, a porta de metal pesada se abriu com um rangido. A pequena rajada de ar frio foi um alívio bem-vindo para os ocupantes da sala. Um oficial mais velho, de cabelos brancos, com um estômago quase tão grande quanto o de Schmidty, entrou valsando devagar.

— Patty, você pode sair. Vamos devolver os garotos às pessoas velhas.

— Pessoas *mais* velhas — corrigiu a sra. Wellington quando o homem desceu pelo corredor. — Só porque somos mais velhos do que esses bobinhos pré-púberes não significa que sejamos *velhos*. Ora, mal chegamos à meia-idade... ou pelo menos eu...

— Cale a boca, tutu — respondeu o oficial de cabelos brancos antes de se voltar novamente para a oficial Patty. — Então, como eu estava dizendo, vamos deixar a senhora louca partir com os garotos.

— É ordem sua — disse a oficial Patty com a boca cheia de chocolate.

— Na verdade, Patty, foi ordem do governador – explicou o oficial de cabelos brancos antes de sair.

Madeleine, Lulu, Theo e Garrison trocaram olhares ao ouvirem a menção do governador. Talvez a sra. Wellington fosse mais bem-relacionada do que eles pensavam. Theo sentiu-se tão reconfortado quanto assustado por essa informação. Embora fosse bom que a sra. Wellington conhecesse um homem tão poderoso, isso também reforçava o quão pouco ele sabia sobre sua professora vestida de tutu.

— Acho que temos que despertar a Hyacinth antes de irmos embora – disse Madeleine, sem convicção.

— Sim, acho que sim – concordou Lulu relutante, batendo de leve na cabeça da garota.

— Não me abandonem! – gritou Hyacinth antes mesmo de abrir os olhos, com claro pavor de ser deixada para trás.

— Francamente, Lulu, esse é a forma que você pôde pensar para acordá-la? – perguntou Theo com desdém. – Um soco na cabeça?

— Foi uma *pancadinha*, e se era tão importante para você despertar Hyacinth, com uma serenata ou com um punhado de pétalas de rosas, então devia ter tomado a frente.

ESCOLA DO MEDO

CAPÍTULO 16

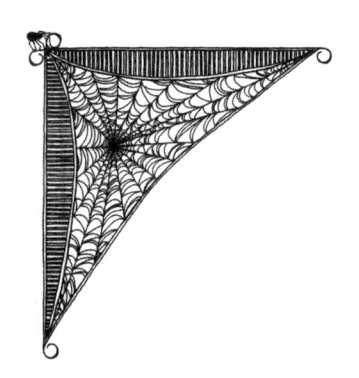

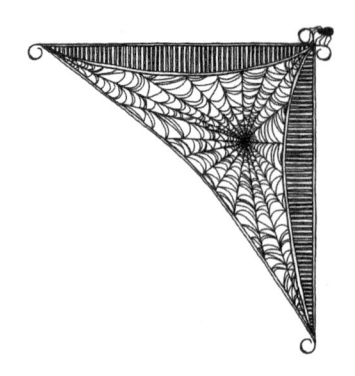

TODO MUNDO TEM MEDO DE ALGUMA COISA:

Atazagorafobia é o medo

de esquecer ou de ser esquecido.

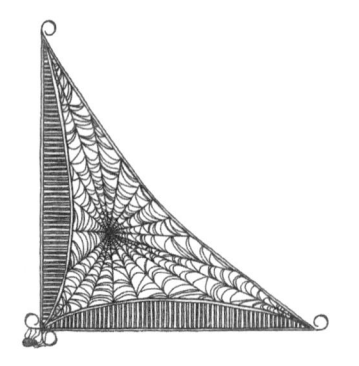

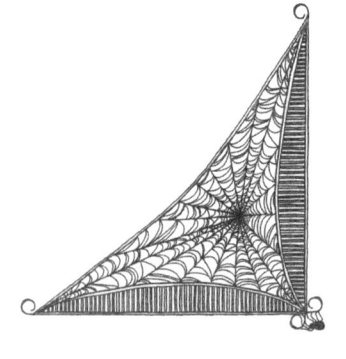

Quando retornaram à van, o grupo fez uma descoberta horrível. Na pressa de sua prisão, eles não apenas deixaram as janelas abertas, como tinham se esquecido de Macarrão. Felizmente, buldogues ingleses gostam de dormir quase tanto quanto gostam de comer, e isso foi na verdade o que Macarrão fez para passar o tempo.

Assim que os cintos de segurança foram devidamente apertados, a sra. Wellington ajeitou os espelhos retrovisores de modo que pudesse se ver o tempo todo. Depois de uma rápida aplicação de batom, ela virou a chave e deu partida no motor. Esse ato alarmou o radar de segurança de Theo, fazendo-o limpar a garganta ruidosamente.

– Acho que todos aprendemos hoje uma importante lição sobre os perigos da velocidade, da direção imprudente e do encarceramento.

Com um olhar determinado, a sra. Wellington apertou o pé no acelerador e disparou pelo tráfego.

– Você não aprende nada, mulher? A cadeia foi uma grande piada para a senhora? – berrou Theo enquanto os motoristas buzinavam e faziam gestos obscenos com as mãos.

– Alguém aí está vendo um parque? Árvores? Vegetação? Mesas de piquenique? Talvez um playground ou uma caixa de areia? – perguntou a sra. Wellington, parecendo uma maníaca ao dirigir a esmo pela rodovia.

– Madame, não que eu queira aumentar sua ansiedade ou a velocidade deste veículo, mas temos apenas quinze minutos até que o concurso de beleza comece. Talvez seja hora de pensar num plano B – disse Schmidty, fechando os olhos, sem vontade de olhar quando a sra. Wellington entrou nos limites da cidade de Boston.

– Sou moralmente contrária a planos B, e você sabe disso, velho. Eles são os delinquentes do mundo dos planos, e eu não quero ter nenhuma espécie de relação com eles.

– Mais uma razão para carregar sempre um telefone celular. Você nunca sabe quando sua professora com um parafuso a menos, vestida de tutu, vai se perder a caminho de um concurso de beleza para se defrontar com seu chantageador – explicou Theo, sério, para Hyacinth.

Depois de vários sinais de concordância, Hyacinth sorriu com doçura para Theo.

– Thee Thee, Celery acha que você pode ter se esquecido de escovar os dentes esta manhã. Eu não prestei atenção ao seu hálito, mas é o que ela está me dizendo. E ela deve saber, já que os ferrets são famosos por seu forte olfato.

– Bem – disse Theo com embaraço, enquanto cobria a boca e tentava cheirar o próprio hálito –, primeiro de tudo, os ferrets não são famosos por nada. Eles são os membros menos notáveis da raça animal. E, segundo, a própria Celery não cheira assim tão bem. Ela não toma banho, não usa papel higiênico, nem mesmo uma escova de dentes. E eu já a vi fazer xixi no próprio pé mais de uma vez.

– Aquilo é o parque?

– Não, Madame – respondeu Schmidty. – É uma simples árvore. Creio que é necessário mais do que uma árvore para qualificar alguma coisa como um parque.

– Por que há tantos edifícios e carros por toda a parte? Parece que eles estão escondendo esse parque de mim de propósito. Essa coisa toda cheira a traição real!

Theo observava a sra. Wellington olhar para todo lado, exceto para a estrada. Depois de tomar um fôlego profundo, ele ergueu a mão e limpou a garganta pela milésima vez naquele dia.

– Eu não quero interromper, sra. Wellington. Na verdade, pensando bem, eu quero interromper a senhora por *não* olhar para a estrada – disse Theo, alarmado. – Tenho toda a certeza de que a regra é seis segundos, e eu cronometrei a senhora em sete. Um monte de coisas pode acontecer em sete segundos. Eu duvido que a senhora nem sequer perceba como sete segundos podem ser longos. Deixe-me demonstrar... um, dois, três, quatro, cinco, seis, sete... não parece tão longo. Talvez eu os tenha pronunciado muito rápido. Um Mississippi, dois...

– Basta, Gorducho! Não temos tempo para lições de segurança.

– Perdoe-me, Madame, mas eu estou quase certo de que o sinal diz parque Franklin, ou será Fooman Pork? – disse Schmidty, apertando os olhos com força. – Então, ou é o parque ou é comida chinesa.

O parque Franklin, assim nomeado em honra a um dos fundadores da América, Benjamin Franklin, era um lugar estranho para um concurso de beleza. Não só porque era o maior parque de Boston, com 527 acres, e por isso meio difícil de atravessar, mas também porque era ao ar livre. Concursos de beleza geralmente são realizados no interior de um edifício, com eletricidade para secadores, frisadores de cabelo e inúmeros outros aparelhos. Quando a sra. Wellington estacionou a van ilegalmente, ela não conseguiu deixar de pensar que rainha da beleza de respeito organizaria tal evento num parque. Era uma blasfêmia!

Sem um segundo a perder, a sra. Wellington avançou para dentro do parque, passou rebolando de forma atrevida pelo lago, atravessou o campo de golfe e passou, por fima, debaixo de uma arcada. Assim que chegou do outro lado da arcada, ela passou um pouquinho de laquê e cola de cílios postiços. Parecendo um cão de caça basset na trilha de um coelho, manteve o nariz apontado para o chão enquanto tomava longos fôlegos entrecortados, digerindo os muitos cheiros antes de prosseguir em seu caminho. Em dias normais, esse comportamento provocaria uma resposta do grupo, mas não hoje.

Os companheiros da sra. Wellington tinham parado de conversar havia bastante tempo. A caminhada através do parque deixara todos esbaforidos e desconfiados quanto à missão toda. Theo achava que era uma armação sofisticada para que o ladrão pudesse assaltá-los e roubar suas carteiras no meio do parque. Schmidty agora se affige pensando que aquilo era uma artimanha para afastá-los de Summerstone, de modo que a mansão toda pudesse ser revirada à procura de coisas valiosas, ou pior, documentada como material de divulgação para a imprensa. Essa simples ideia fazia seu estômago revirar.

Quanto a Madeleine, ela simplesmente não tinha espaço mental para se preocupar com outras coisas, estando no meio de um parque no auge do verão. Era a estação das aranhas, e ela não estava propensa a permitir que outra delas rastejasse por sobre sua pele de marfim. Como uma pessoa que sofre de um distúrbio de estresse pós-traumático, ela estava tendo horríveis flashbacks. Pelo menos duas vezes a cada hora sua mente dava um branco momentâneo antes de ser inundada pela lembrança da aranha pendurada precariamente sobre seu rosto e, depois, espremida de forma brutal contra sua testa. Quando recordava esse incidente, um terremoto de emoções deixava-a muda de náusea. A jovem não conseguia dizer uma palavra enquanto repassava as lembranças tortuosas da invasão da aranha. Com toda essa agitação em sua cabeça, Madeleine fazia o maior esforço para ficar com o grupo, mas não era fácil. Pois, para piorar, ela insistia em agitar os braços acima da cabeça para manter qualquer criatura rastejante sinistra a distância.

Quanto a Theo e Garrison, ambos estavam se concentrando em se livrar das mãos de Hyacinth, que havia espantosamente conseguido grudar-se nos *dois*. Era o tipo favorito de caminhada de Hyacinth: ela estava de fato sobrecarregada de gente. Garrison e Theo não compartilhavam seu entusiasmo e não conseguiam pensar em nada senão como suas mãos estavam parecendo viscosas e repulsivas. À frente dos garotos, Lulu se apressava atrás da sra. Wellington, ansiosa por confrontar o ladrão que havia causado tanta aflição a todos.

Quanto a Macarrão, ele estava deslumbrado pelo cenário luxuriante do parque, com suas pilhas de pedras cobertas de musgo, suas trilhas sinuosas e árvores intermináveis. Fazia algum tempo que o buldogue gorducho não se aventurava fora de seu território normal, e ele se sentia deliciado por isso. Mais que as novas visões e os novos sons, eram os novos cheiros que o deixavam encantado. Além de comer e dormir, cheirar era uma das atividades de lazer favoritas do cão.

– Deve ser aquilo! – gritou a sra. Wellington ao apontar em direção a uma tenda com listras vermelhas e brancas perto de um aglomerado de árvores.

– Madame, eu creio que é uma tenda de circo – disse Schmidty.

A tenda tinha pelo menos dois andares de altura, com múltiplos picos pontiagudos. Era impossível ver até onde se estendia, mas certamente não parecia muito pequena.

— Isso faz perfeito sentido. Eles não poderiam mesmo fazer um concurso de beleza ao ar livre. Todos sabem que a maquiagem usada em um concurso de beleza não é feita para ser vista em plena luz do dia.

— Sim, nesse ponto com toda a certeza devemos estar de acordo – disse Schmidty. – Falando nisso, a senhora não quer retocar a maquiagem antes de entrar na tenda, Madame?

— Meu querido, claro que eu gostaria de uma completa reaplicação de toda a maquiagem! Este é o retorno triunfal pelo qual eu estava esperando. O ladrão pode se tornar a melhor coisa que já me aconteceu.

— Não vamos nos precipitar, Madame; faz um bom tempo desde que a senhora participou de seu último concurso de beleza real. Aqueles que nós realizamos no salão de baile com a senhora e os gatos não contam.

— Oh, não seja tão simplório! Eu sou uma campeã nata. As luzes dos refletores sempre estão sobre mim.

Os estudantes ficaram de olhos arregalados quando um idoso quase cego reaplicou espessas camadas de sombra cor-de-rosa que combinavam perfeitamente com o tutu plumoso da sra. Wellington. Embora obviamente fosse ruim da vista, Schmidty era extremamente rápido. Assim, reaplicou a maquiagem em questão de cinco minutos. Naturalmente, velocidade e precisão têm muito pouca relação uma com a outra.

Quando eles se aproximaram da tenda, muitos ruídos e cheiros estranhos pegaram-nos de surpresa. Não apenas havia o óbvio odor de cola de cílios postiços e laquê no ar, como também um aroma pungente de eucalipto. Quanto aos sons, havia sinos batendo e assovios soprando. Era muito parecido com aquilo que alguém esperaria encontrar num circo.

Theo deu duas respiradas profundas antes de balançar a cabeça, desapontado.

— Eu estava meio que esperando perfume e talco de bebê, não... que cheiro é esse?

— O cheiro de pomadas para dentadura e aparelhos de audição – observou Lulu secamente. – São pares da sra. Wellington, afinal.

— Altamente provável – concordou Madeleine, enquanto continuava a agitar as mãos acima de si. – Eu não quero ser atrevida, sra. Wellington, já que sei que a senhora não participa de um concurso de beleza há décadas, mas eu estou mais do que pronta para sair das grandes extensões ao ar livre, ficando assim longe das muitas criaturas sinistras rastejantes daqui. Estou quase certa de que ouço asas de insetos batendo e patas de aranhas pisando bem neste segundo...

A sra. Wellington ignorou Madeleine, endireitando mais uma vez seu tutu e passando as mãos sobre a peruca.

— Concorrentes, antes de entrarmos, eu devo, como professora de vocês, prepará-los para o amplo leque de emoções com o qual se confrontarão. Alguns de vocês podem sentir ciúme ou inveja quando me virem em minha glória total, com a multidão saudando animada, talvez até mesmo cantando meu nome. Por favor, tomem notas mentais da experiência citada, já que eu adoraria saber tudo na volta de carro para casa, bem como em todos os dias restantes da minha vida. Outros podem ficar em choque absoluto, atônitos pela visão de tantas mulheres maravilhosas num lugar só. Mas não precisam anotar mentalmente sobre qualquer outra beldade. – A sra. Wellington deu um largo sorriso ao puxar a aba da tenda.

O grupo foi saudado por uma mulher magricela com braços parecidos com tiras de macarrão. Um tanto surpreendentemente, ela estava trajando uma cartola vermelha, um véu negro espesso, vestido com espartilho e um cinturão de sinos. Não era o tradicional vestido rosa com lantejoulas que estavam esperando de uma participante de concurso de beleza.

— Bem-vindos. Sou Finca, a mestre de cerimônias – disse a mulher de cartola com uma voz pedregosa. – É a sua primeira vez?

— Eu nem vou me dignar a dar uma resposta.

– Muito bem – disse Finca ao caminhar, com os sinos retinindo, em direção a outra aba da tenda.

Ela puxou a grossa cortina de plástico vermelha e branca e fez um sinal para o grupo entrar. A sra. Wellington colocou a mão direita na cintura e conduziu Schmidty, Macarrão e os garotos para dentro da tenda.

No instante em que entraram, eles pararam, boquiabertos. Não era o que eles estavam esperando.

CAPÍTULO 17

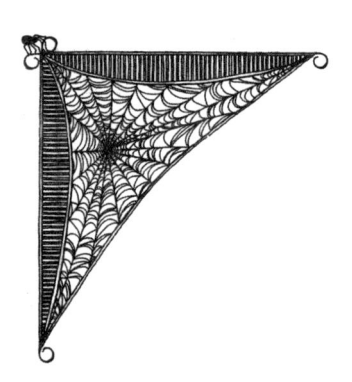

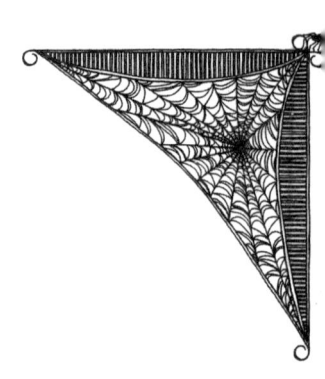

TODO MUNDO TEM MEDO DE ALGUMA COISA:

Wicafobia é o medo

de bruxas ou de bruxaria.

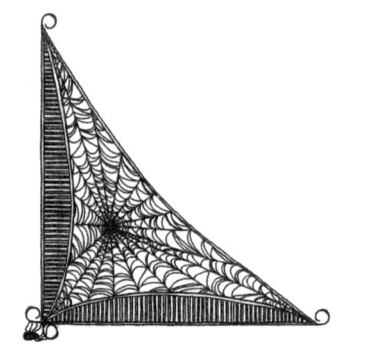

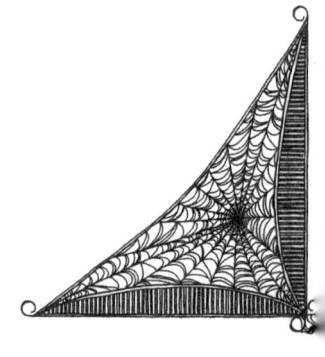

A tenda estava lotada de pessoas e animais andando de um lado para o outro enquanto os estudantes permaneciam paralisados de choque. Os sons de sinos, assovios e latidos enchiam o espaço densamente ocupado. Mas o mais notável era que as pessoas estavam vestidas como cães, e os cães vestidos como pessoas. Homens e mulheres adultos perambulavam com pintura no rosto, orelhas peludas e focinhos de plástico enquanto seus cães usavam batom, perucas e uma variedade de figurinos.

– É um concurso de beleza para cães! – esclareceu a sra. Wellington com entusiasmo, apontando para um aviso faiscante em que se lia O DESFILE DOS CÃEZINHOS!

– Madame, a senhora está parecendo um pouco maníaca. Está tudo bem?

– Velho, é isso! É aqui o meu lugar. Essas pessoas são a *minha gente* – disse a sra. Wellington, inspecionando as coisas à sua volta.

Extremamente eufórica, a sra. Wellington entrou saltitando no aposento contíguo, que abrigava um grande palco circular. Buldogues franceses vestidos a caráter com perucas brancas e roupas com espartilhos se empertigavam orgulhosos em torno do palco. Era o apogeu da moda francesa por volta do fim do século XVII, usada apenas por cães.

Schmidty, Macarrão e os garotos se uniram em torno da sra. Wellington numa tentativa de obter a atenção da idosa.

– Perdoe-me – disse Madeleine com firmeza ao dar um tapinha no braço da sra. Wellington. – Devemos ficar concentrados! Sra. Wellington, o destino da escola depende de a senhora encontrar o ladrão.

– Mas há cães com perucas – murmurou a sra. Wellington, como se estivesse sob efeito de um feitiço.

– Isso não importa! Nós precisamos achar esse ladrão. A senhora não percebe que, se perder a escola, nós perderemos toda a chance de melhorar? – suplicou Madeleine. – Olhe para mim! Eu estou usando uma touca de banho em público! É claro que há muito trabalho a ser feito!

– Cães... perucas... saias... brincos... batom... – pronunciou a sra. Wellington de forma desarticulada, sem tirar os olhos do palco ao falar.

– Maddie está certa – disse Garrison. – Quem está por trás disso tem o poder de arruinar a escola e nos prejudicar. Eu não quero passar minha vida como um surfista fingido. Não quero que minha identidade seja baseada toda numa mentira, sabe?

– Sei como vocês se sentem. Estou ficando muito cansada de todas as falsas idas ao banheiro quando eu saio com minha família – reconheceu Lulu. – A Escola do Medo é a única coisa que me ajudou até aqui. Hipnose, terapia, suborno... nenhuma outra coisa funcionou.

– Odeio admitir, mas é apenas uma questão de tempo até que meus irmãos e irmãs me peguem os espionando... e aí vão me cobrir com ovos fermentados da loja de importados do coreano... e eu nem mesmo gosto de ovos... e, francamente, eu estou mais do que um pouco cansado de me preocupar com eles o tempo todo. Se isso continuar assim, precisarei usar Botox quando estiver no ginásio – disse Theo de forma dramática, balançando a cabeça.

— Celery diz que isso é melhor do que a *Oprah*. Melhores amigos revelando brechas emocionais! Esse é o maior elo que se pode ter – disse Hyacinth, orgulhosa.

— E agora foi arruinado – retrucou Lulu.

— Com a sra. Wellington no estado atual – disse Madeleine ao olhar para a idosa abrindo caminho pela multidão com Macarrão em seus ombros –, encontrar o ladrão cabe a nós. Devemos nos mover rápida e eficientemente, de modo que sugiro que a gente se divida em grupos e façamos o melhor para achar esse ladrão. Levando em conta que essa pessoa tem conhecimento íntimo da escola, eu não ficaria surpreso se ele nos achasse. Estamos muito em evidência, sendo as únicas pessoas aqui que não estão vestidas como caninos.

— Eu irei com Maddie, já que Theo e Garrison parecem meio presos a Hyacinth – disse Lulu com um sorrisinho malicioso.

— Oh, minha nossa! Celery e eu vamos formar um grupo de amigos com Theo e Garrison!

— Melhor a Celery não ser *minha* parceira – disse Theo mal-humorado. – Esta não é a primeira vez que alguém tenta me armar alguma coisa com um ferret.

— Schmidty, está bem para você ir sozinho?

— Claro, srta. Madeleine – disse Schmidty com honestidade. – Trabalhar para a Madame me preparou para lidar com quase tudo que se relaciona a concursos de beleza.

À frente do grupo havia um labirinto de aposentos. Inseguro sobre por onde começar, Garrison decidiu ir pelo mais próximo. O garoto empurrou Hyacinth, que por sua vez empurrou Theo, e com isso o trem de garotos e um ferret deu a partida. Passando por barris, extensões de palha de forragem e sob um arco tremeluzente, os três foram em frente, sem olhar nem uma vez para trás para ver qual direção os amigos haviam tomado.

O aposento seguinte estava bem mais lotado de gente, dificultando muito a passagem dos três. Quando Garrison, Hyacinth e Theo foram empurrados e rebatidos por humanos e cães, o público irrompeu num coro de *oohs* e *ahhs*.

– Não consigo ver o palco. O que está acontecendo? – perguntou Garrison a Hyacinth e Theo.

– Meu palpite é que há um cachorro fazendo um sanduíche ou alguma espécie de prato de massa. Sim, um show de culinária canina! Por que ninguém havia pensado nisso antes? É genial!

– Celery não acha que isso seja possível. Na verdade, Celery nunca concorda com nada do que você diz, Theo.

– Bem, não é uma graça? Um ferret metido a juiz! – disse Theo de forma ríspida, enquanto a multidão irrompia numa tempestade de aplausos.

— Por tudo que sabemos, a sra. Wellington está lá em cima aplicando maquiagem no Macarrão — disse Garrison ao examinar a multidão à procura de alguém suspeito. Não era uma tarefa simples; afinal, a multidão consistia em pessoas excêntricas vestidas como cães.

— Celery acha que isso parece mais provável que o show de culinária canina — disse Hyacinth com presunção.

Theo lançou um olhar de desdém para Celery. Ele estava farto dos insultos da roedora. Afinal, não havia nem mencionado que o ferret tinha dentes amarelos tortos e unhas em situação quase tão questionável quanto as de Schmidty.

Garrison conduziu o trio pela beira do aposento, onde eles abriram caminho ao longo das paredes da tenda. Depois de colisões e arranhões, conseguiram ter um vislumbre do palco. Um cão de caça dourado, de patas ágeis, pulava de um lado para outro, arremessando um longo osso branco no ar, só para ir apanhá-lo segundos depois. O cão estava vestido a caráter, com um boné vermelho e dourado que fez Theo pensar num mensageiro de hotel, com fitas vermelhas ao redor de cada pata. Era mesmo um tanto espetacular o que o cão podia fazer enquanto o osso estava no ar, antes de dar um jeito de pegá-lo. Não havia maneira de negar: ele era excepcionalmente talentoso. Conseguia rolar, caminhar nas patas traseiras e saltar como um bailarino, tudo antes de sentar para apanhar o osso.

Por um momento, Theo, Hyacinth e Garrison ficaram absorvidos pelo show e se esqueceram por completo da tarefa que tinham que desempenhar. Só quando Finca apareceu que eles se lembraram de seu propósito. O cinturão de sinos da mulher chacoalhava enquanto ela arrastava os pés pelo palco, seus braços de polvo dependurados ao lado.

— Barclay, o Garoto do Bastão de Osso — disse Finca numa voz áspera. — Um cão talentoso, eu posso garantir. E agora o próximo concorrente: Pierre, o Pug!

— Ok, precisamos ir andando — sussurrou Garrison. — Temos um monte de terreno para cobrir.

— Certo — lamentou Theo —, embora eu esteja curioso quanto a esse pug.

Com uma rápida sacudidela da cabeça, Garrison continuou conduzindo Hyacinth e Theo através da multidão, sendo com frequência empurrado e chutado pelo caminho. Bem quando o trio se aproximava do perímetro mais cheio de gente, Pierre soltou um uivo alto que aterrorizou Celery. O pelo cinzento do pequeno ferret ficou em pé enquanto seus olhos pequenos como contas giraram depressa pelo aposento, com aflição. Claramente num estado extremo de pânico, o ferret saltou do ombro de Hyacinth e desapareceu de imediato no enxame de gente.

— Celery! — gritou Hyacinth, provocando um murmúrio que percorreu a multidão. — Não me abandone! Você é minha amiga número um! Por favor!

De quatro, a garotinha mergulhou atrás de Celery. Rastejando com velocidade, chamava o nome do ferret insistentemente, e as pessoas tentavam calá-la por causa de Pierre, mas ela simplesmente não conseguia parar. A essa altura, Theo e Garrison haviam perdido a menina de vista na densa multidão e mal conseguiam ouvir sua voz no meio das saudações e brados do concurso. Ambos massageavam as mãos se entreolhando, incertos do que deveriam fazer a seguir.

Num aposento próximo, Madeleine e Lulu moviam-se de modo sorrateiro pelo meio da multidão, examinando cada pessoa com cuidado. Se a situação não fosse tão séria, Lulu teria gostado muito de brincar de detetive pela tarde toda. Afinal, ela sempre sonhara com a ideia de seguir carreira no campo da investigação.

— Eu não entendo por que as pessoas estão vestidas como cães — sussurrou Madeleine para Lulu, enquanto as duas vasculhavam o aposento com o olhar. — O concurso é para cães, não para seres humanos.

— Elas devem se sentir tão humilhadas que esta é sua ideia de divertimento. Pense nisso. Que tipo de pessoa gosta de vestir seus cães com trajes cerimoniais?

— Trajes cerimoniais? – perguntou Madeleine, fazendo Lulu balançar a cabeça positivamente em direção ao fundo da tenda. Num pequeno estrado no canto, sob uma bandeira de letras vermelhas que proclamavam DIVAS DACHSHUND, estavam três cães com peruca, batom e um colar de pérolas com diversas voltas.

— Sabe o que é o mais esquisito disso tudo? Eu aposto que aquelas pérolas são verdadeiras – disse Lulu enquanto elas continuavam a percorrer o aposento.

O pobre Schmidty não devia ter sido deixado sozinho, já que sua visão na penumbra estava muito reduzida. Ele levou dez minutos inteiros para perceber que o homem que olhava para ele era na verdade sua própria sombra.

Depois do incidente da sombra, Schmidty rumou para o próximo aposento, tropeçando em alguns homens, mulheres e cães pelo caminho. Ele nunca havia sido muito dado a multidões, mas a situação o fazia ficar ainda mais nervoso. O cenário era caótico demais para o ladrão ser capaz de encontrá-los. Além disso, Schmidty estava preocupado em descobrir que espécie de ladrão escolheria uma locação daquelas para um encontro. Ele vira filmes o bastante para saber que o encontro deveria ter ocorrido numa garagem de estacionamento deserta ou num beco escuro.

Oh, a coisa toda era simplesmente absurda, Schmidty pensava ao deslizar em direção a um palco cheio de pinschers em miniatura. Schmidty nunca fora chegado a *pinmins*, como eles são conhecidos. Sua natureza mandona fazia-o lembrar-se demais da sra. Wellington.

Assim que o desfile marcial dos *pinmins* terminou, Finca entrou no palco e começou a avaliar cada um dos cães. Os braços em forma de hastes da estranha mulher eram tão compridos que ela conseguia acariciar os cães ficando em pé.

– Levando em conta a forma, a ferocidade e os pelos, eu declaro Charles o vencedor – proclamou Finca, rouca. – E, lembrem-se, dentro de poucos minutos, buldogues bailarinas começarão sua apresentação na tenda principal.

Se uma lâmpada pudesse aparecer acima da cabeça de Schmidty, sem dúvida teria surgido agora. Se esse ladrão sabia sobre a Madame tudo o que Schmidty acreditava que soubesse, não haveria melhor lugar para encontrá-lo.

ESCOLA DO MEDO

CAPÍTULO 18

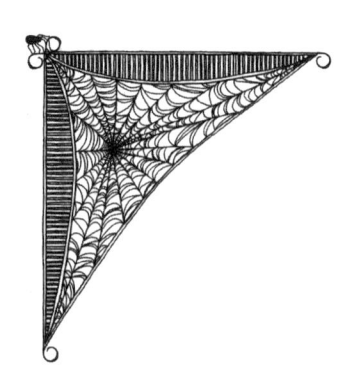

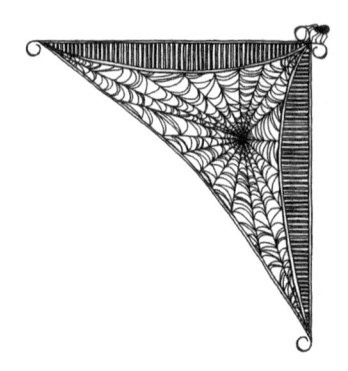

TODO MUNDO TEM MEDO DE ALGUMA COISA:

Xantofobia é o medo

da cor amarela.

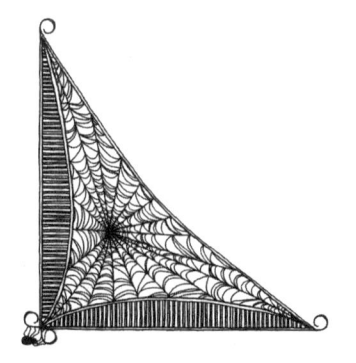

Theo e Garrison haviam ficado sem dizer uma palavra por cerca de três minutos. Junto à multidão agitada de pessoas e cães, os dois garotos se entreolhavam, incertos do que deviam fazer a seguir.

– Hyacinth não queria que nós a seguíssemos, queria? – perguntou Garrison, fingindo não saber a resposta inacreditavelmente óbvia para sua pergunta.

– Duvido – reforçou Theo. – Na verdade, acho que Celery queria ficar algum tempo a sós com Hyacinth e foi por isso que ela fugiu. Teria sido grosseiro se saíssemos atrás delas, como se interrompêssemos um encontro.

— Totalmente. E, também, ela não ia querer que a gente se esquecesse da sra. Wellington e do ladrão. Quero dizer, alguém precisa ficar na trilha, certo?

— Certo — concordou Theo, continuando a massagear a mão. — Agora, qual você acha que é a probabilidade de a gente encontrar um carrinho de coisas para beliscar ou uma praça de alimentação por aqui?

— Theo, alguém já o examinou para ter certeza de que você não tem um verme no estômago?

— Toneladas de vezes — respondeu Theo, displicente. — Eu diria pelo menos duas vezes ao ano.

Garrison arrastou Theo para o aposento seguinte, o tempo todo se perguntando se o garoto gorducho se sentiria cheio algum dia. Felizmente, Lulu e Madeleine entraram na tenda principal naquele momento. Já que as garotas eram as únicas outras pessoas não vestidas a caráter, eram um tanto fáceis de avistar.

— Onde está Hyacinth? — falou Lulu abruptamente quando os garotos se aproximaram.

— Hum, ela e Celery queriam algum tempo sozinhas para trocar confidências ou alguma coisa assim. Você conhece os ferrets; são tão reservados! — explicou Theo.

— Sim, tudo bem — disse Lulu com uma risada. — Eu tenho que reconhecer, Theo. Eu não pensava que você estava planejando se livrar da pentelhinha.

— Não fiz isso, Lulu. Não tente sujar meu bom nome!

– Isso soa como uma frase roubada de um filme.

– Isso não a torna nem um pouco menos verdadeira.

– Tudo bem, já chega – disse Madeleine com firmeza. – Algum de vocês viu algo suspeito? Ou talvez a sra. Wellington e Macarrão?

– Nada – respondeu Garrison.

– Eu acho que provavelmente o ladrão vai se aproximar apenas da sra. Wellington, de modo que temos que localizá-la e depois ficar de olho, bem atentos, nela.

– Não acho que isso vá ser um problema – disse Lulu, apontando para o palco principal, onde Finca se erguia sob um letreiro em que se lia BULDOGUES BAILARINAS.

– Olá, todo mundo! Como a maioria de vocês já sabe, sou Finca, a mestre de cerimônias, e é com grande honra para mim anunciar as buldogues bailarinas, meu evento favorito da noite.

Quando a mulher falou, Madeleine avistou Schmidty do outro lado do palco, olhando de soslaio para a multidão. Embora o idoso não pudesse vê-los, Madeleine estava feliz por haver localizado pelo menos um dos membros perdidos do grupo.

– Isso é muito errado: aqueles cães estão sendo humilhados – disse Garrison, enquanto os proprietários conduziam seus buldogues ingleses vestidos de tutu para o palco.

– Que tipo de nome é Finca? – perguntou Theo a ninguém em particular. – Ele possui uma qualidade de estrela, meio como Cher ou Madonna. Eu poderia batizar minha filha com ele.

– Você é pior do que Hyacinth, falando de seus filhos. Hum, posso dar um conselho? Você ainda nem chegou à puberdade – disse Lulu, revirando os olhos.

– Bem, não precisa esfregar na minha cara. E por que está mencionando Hyacinth? Só para me atormentar? A culpa está me sufocando!

– Olhe! Ali está ela – sussurrou Madeleine para os outros. – Em nome da Rainha, o que a sra. Wellington aprontou consigo mesma?

– Uau, isso é forte – disse Garrison, desviando os olhos, embaraçado.

– Isso decididamente não é bonito – declarou Lulu honestamente.

– Para os dois – disse Theo, balançando a cabeça.

– Devemos ficar de olho, vigiando a multidão – ordenou Madeleine aos outros. – O ladrão deve estar observando a sra. Wellington do mesmo jeito que nós... embora haja uma chance de ele não a reconhecer à luz da atual... situação.

Mesmo sob a parca luz das velas, a excentricidade do figurino da sra. Wellington era inteiramente visível. Metade de seu tutu fora rasgada e ajustada em Macarrão como uma saia. Em acréscimo, a sra. Wellington tinha dado ao buldogue sua peruca de rolinhos marrons para usar e colocado a correia de Macarrão em torno de sua própria cabeça como uma faixa para cabelo. Mas talvez o mais assustador fossem os grandes pedaços de vaselina caindo da boca de ambos. A sra. Wellington acreditava que uma rainha da beleza devia recobrir seus dentes com vaselina para obter um sorriso brilhante.

Embora os outros buldogues ingleses sobre o palco estivessem trajando tutus e corpetes, nenhum deles estava usando uma peruca. E apesar de a sra. Wellington ser a única proprietária no palco sem um traje de cachorro, ela ainda conseguia parecer a mais louca de todos. A julgar pelo seu comportamento, não se podia ter certeza de que ela soubesse que aquele era um concurso de beleza para cães.

Do outro lado do palco, as bochechas de Schmidty estavam vermelhas de rubor. O idoso estava muito preocupado com o que um traje como aquele poderia causar à autoestima e ao senso de masculinidade de Macarrão. Claro, Macarrão usava pijama e gostava de pedicure, mas isso era demais. Schmidty, nervoso, dava tapinhas em seu penteado enquanto olhava para as escadas que levavam ao palco. Alguma coisa precisava ser feita.

— Eu acho que o Schmidty vai tentar atrair a sra. Wellington para baixo — sussurrou Theo para os outros. Mas antes que Schmidty fosse capaz de localizar os degraus, um casal de cães com suéteres amarelos iguais, orelhas castanhas caídas e focinho preto entrou pulando no palco. Quando o casal se aproximou de Finca, ficou claro que a mulher estava carregando um poodle num canguru para bebês sobre o peito.

— Finca, desculpe-nos por interromper — disse o homem num tom jovial —, mas esta é uma emergência canina. A vida de um cão está pendendo na balança aqui esta noite.

— Melhor que seja assim mesmo, porque vocês interromperam meu show mais importante da noite — resmungou Finca com raiva para o casal, esperando que eles não inventassem de tentar fazer seu poodle passar por um buldogue.

— Por favor, você tem que acreditar em nós. Aquele pobre buldogue ali, de peruca, está numa encrenca terrível! — gritou a mulher com o poodle. — E aquela velha com metade de um tutu, a sra. Wellington, é a culpada!

— Perdão? — disse a sra. Wellington, subitamente voltando a prestar atenção. — Você está arruinando nosso momento. Não poderíamos discutir isso depois que eu e Macarrão formos os vencedores? Talvez depois do chá e dos troféus?

— Não, nós não podemos adiar esta conversa em absoluto. Macarrão está sendo maltratado, e esperamos que a senhora responda por isso diante de pessoas apaixonadas por cães – disse o homem, tenso, por baixo de seu grande focinho preto.

– Então, *são vocês* os irritantes de dedos pegajosos que arrombaram Summerstone e roubaram todas as minhas perucas? – respondeu a sra. Wellington, balançando a cabeça como uma juíza diante do casal.

– Não, nós somos os Knapp – falaram eles em uníssono depois de retirarem suas orelhas e focinhos.

– Vocês têm ideia de como é para uma rainha da beleza viver com uma só peruca? É tortura absoluta! – reclamou a sra. Wellington.

– Tortura é o que a senhora está fazendo com aquele cachorro – anunciou a sra. Knapp com segurança –, e nós estamos aqui para parar com isso.

– O quê? – perguntou a sra. Wellington em autêntica confusão. – Vocês querem dizer a peruca e o tutu?

– Não. Nós na verdade achamos que os cães gostam de se vestir – respondeu a sra. Knapp. – Isso os ajuda a entrar em contato com sua criatividade.

– Bem, pelo menos nisso nós concordamos.

– Ok, então não é o tutu – interveio Finca. – Vamos acabar com isso. Temos um concurso de beleza acontecendo aqui.

– A sra. Wellington não tem um cinto de segurança para Macarrão! – falou o sr. Knapp abruptamente.

– Vocês permitiriam que seus bebês saíssem de carro sem um cinto de segurança? – perguntou a sra. Knapp, dramática, à multidão. – Qualquer freada brusca e... bum! O bebê voa pelo para-brisa!

– É verdade que eu não tenho um cinto de segurança para Macarrão – admitiu a sra. Wellington para os Knapp, Finca e a multidão –, mas isso é só porque eu não tenho um carro, seus bobalhões!

– Para piorar, a senhora se recusa a lhe providenciar grampos de fixação dentária ou acupuntura e não o matriculou na ioga! Cães precisam de ioga para se desinibir! – gritou a sra. Knapp, com a emoção à flor da pele.

– Ioga? Macarrão não gosta nem de se alongar, que dirá de ioga... Ele é um buldogue, e todos sabem que eles são desprovidos de capacidade física e mental para ioga. Como apaixonados por cães, acho que vocês deviam saber disso, mas é claro que eu estava enganada. Bem, que mais eu poderia esperar de ladrões de perucas?

– E quanto à maneira que a senhora o faz trabalhar? Polindo mobília com a língua? – prosseguiu a sra. Knapp com ferocidade.

– Eu nunca obrigaria Macarrão a fazer tal coisa. Eu reservo todos os serviços degradantes para meu criado, Schmidty.

Nesse momento, Schmidty tentou se jogar para cima do palco, mas, devido ao seu enorme volume na cintura, não conseguiu fazê-lo.

– Oh, lá está o Schmidty! Estão vendo? Aquele com o penteado estranho e a barriga muito grande. Vocês podem perguntar a ele! – retrucou vitoriosa a sra. Wellington. – Ele é certamente o único ser maltratado sob meus cuidados, e isso só acontece porque ele gosta muito.

Finca, sentindo pena de Schmidty, usou seus longos braços para auxiliar o homem rotundo enquanto ele tentava subir no palco de forma desajeitada.

– Muito obrigado, sra. Finca. Eu não tenho podido fazer ginástica ultimamente – murmurou Schmidty com embaraço enquanto se erguia.

– É verdade, sr. e sra. Knapp, sou eu, e não Macarrão, que de vez em quando limpa a mobília com minha própria saliva e língua. Eu trabalhei o mais duro que pude no casco da Graça, que vocês cruelmente roubaram de Summerstone e de mim. De modo que, antes que continuem com Madame, devem me explicar esse covarde furto.

– Estávamos tentando resgatar Macarrão – esclareceu o sr. Knapp de modo confuso –, mas ele não saía um só segundo do seu lado ou do da sra. Wellington, de modo que começamos a levar coisas aleatórias para mantê-los afastados. Nós até subornamos aquele homem esquisito da floresta para distraí-los. Com toda a satisfação, devolveremos todas essas coisas. O que queremos é somente o Macarrão!

– Bem, vocês não podem tê-lo – disse Schmidty com firmeza.

— Vocês não o merecem! – disparou a sra. Knapp em resposta.

— Eu mereço com toda a certeza! Escovo os dentes desse cão duas vezes ao dia!

— Sim, você pode escovar seus dentes, mas o que me diz da horrível e perigosa maneira como o alimenta? – disse o sr. Knapp, tentando manter um sorriso.

— De todas as besteiras ridículas que eu já ouvi em minha vida, essa é disparada a pior. – A sra. Wellington entrou na conversa. – O cão come à mesa, sobre uma cadeira, em uma tigela de prata genuína, na sala de jantar oficial em minha mansão. O que poderia ser mais civilizado que isso? E não falem nada sobre vesti-lo com um smoking, porque nós tentamos isso, e ele simplesmente não quis.

— E quanto a colocar cada porção de gororoba delicadamente na língua de Macarrão para garantir que ele não coma rápido demais e engasgue? – disse a sra. Knapp, tensa.

— Por que parar aí? Talvez a senhora devesse pré-mastigar a comida para seu cachorro também? – retrucou, com sarcasmo a sra. Wellington.

— Nós bem que tentamos. Jeffrey não gostou. Seu terapeuta de animais disse que isso o fazia sentir-se parecido demais com um pássaro – respondeu a sra. Knapp, fazendo a multidão dar um grito sufocado de repugnância.

— Parem! – gritou Finca. – Como a mestre de cerimônias, vou pôr um fim nessa insanidade!

— Obrigado – disseram o sr. e a sra. Knapp em uníssono. – Essa é exatamente a razão pela qual viemos aqui. Nós sabíamos que vocês entenderiam.

— *Entender?* – disse Finca, rindo de forma maníaca. – A única coisa que eu entendo é que vocês arruinaram minha parte favorita do Desfile dos Cãezinhos e que vocês pagarão por isso.

— O quê? – gritaram o sr. e a sra. Knapp sufocados, em choque.

— Vou colocá-los na lista negra de toda loja especializada em animais de estimação da região. Isso significa nada de suéteres, sapatos, massagens e, definitivamente, nada de ioga para cães. Terão sorte se a Petco deixá-los chegar até a porta.

A sra. Knapp caiu de imediato numa crise histérica, forçando o marido a carregá-la com Jeffrey para fora do palco.

— Todos vocês, fora daqui!!!!!!!!! – rugiu Finca, furiosa. – Fora daqui! Deem o fora já ou eu vou impedi-los até de comprar roupas para cães!

CAPÍTULO 19

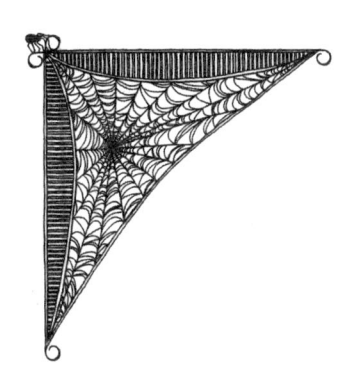

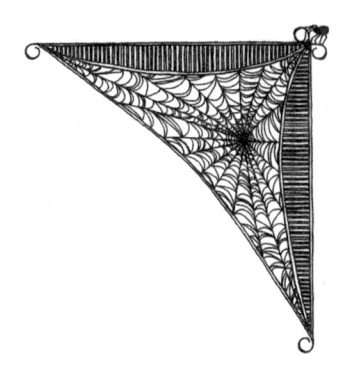

TODO MUNDO TEM MEDO DE ALGUMA COISA:

Atiquifobia é o medo

do fracasso.

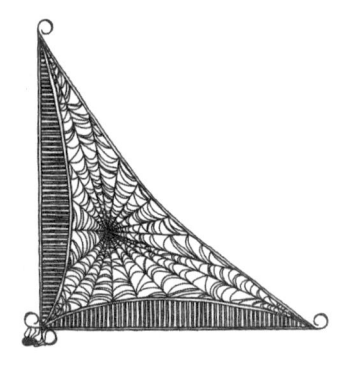

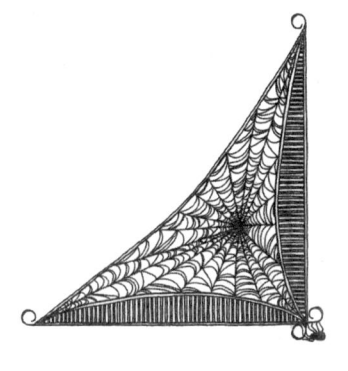

O parque Franklin estava iluminado com os últimos resquícios do sol quando a sra. Wellington saiu, desanimada, da tenda com listras vermelhas e brancas. A brisa suave em sua calva fez a idosa, que trajava metade de um tutu cor-de-rosa, se lembrar de que Macarrão ainda estava com sua peruca. Embora nunca fosse admitir isso a Schmidty ou mesmo aos garotos, ela estava um tanto desapontada que os Knapp fossem os ladrões. Seria muito melhor para seu ego acreditar que uma antiga rival ainda temesse a sua beleza.

Sempre o serviçal atento, Schmidty colocou a peruca de volta na cabeça da sra. Wellington depois de retirar a coleira de Macarrão. Depois foi até Macarrão, removendo o tutu. Schmidty não podia suportar ver o cão vestido em tule cor-de-rosa por mais um segundo.

A sra. Wellington e Schmidty conduziram o grupo de volta à van, mantendo um ritmo bem ágil, considerando sua idade avançada. A poucos passos atrás dos dois, Lulu, Garrison e Madeleine caminhavam em silêncio. Os braços de Madeleine se agitavam acima dela como sempre, num esforço desajeitado de dissuadir bichinhos ou insetos de se aproximarem.

– Seria um terrível incômodo pedir a vocês dois que agitem seus braços também? Se houver seis braços em vez de um só, tenho uma chance maior de sobreviver à caminhada para a van sem fugir.

– Claro – concordou Garrison, cansado demais para fazer objeção ao pedido irracional de Madeleine.

– Ótimo. Além de andar atrás de uma velha usando metade de um tutu e um homem com a calça puxada até o pescoço, nós três estamos sacudindo nossos braços como um bando de malucos – queixou-se Lulu. – Não admira que tenhamos sido chutados para fora de um concurso de cachorros por sermos esquisitos demais.

Bem atrás dos agitadores de braços estavam Theo, Hyacinth e Macarrão. Theo estava exausto de toda aquela algazarra de concurso de beleza e se movia num ritmo excepcionalmente lento.

— Thee Thee, ânimo! Celery acha que você precisa acelerar seu passo ao máximo!

— Eu não como nem um bocadinho de comida há horas. Você tem ideia do que isso causa a um homem em processo de crescimento?

Hyacinth tentou puxar Theo com ela, mas o garoto se recusou a aumentar a velocidade. Macarrão então passou à frente de Hyacinth e Theo, para indignação da garota. O fato de que um buldogue podia ir rebolando mais rápido que Theo parecia um insulto à ordem natural. Normalmente, Hyacinth não teria dado a mínima, mas ela ainda estava bem irritada por ter sido abandonada na tenda.

— Pare de puxar meu braço. Eu tenho juntas muito sensíveis — protestou Theo.

— Celery gostaria de saber se um médico lhe deu esse diagnóstico.

— Bem, eu meio que... diagnostiquei a mim mesmo depois de ver um ator fingindo ser médico na televisão.

— Celery diz que não há nada de errado com seu braço. Ela diz que o único problema que você tem é estar fora de forma!

— Diga ao seu ferret que eu não me saio bem com reforços negativos. Se você quer mesmo ajudar a remediar a situação, poderia cantar alguma coisa do *High School Musical* para me entusiasmar.

— Hyacinth! — berrou Lulu lá da frente.

— Hyhy — corrigiu Hyacinth.

— É mesmo? Você ainda está nos corrigindo — disse Lulu ao parar e olhar para Hyacinth. — Está na cara que esse apelido não pegou; acho que está na hora de acabar com ele. Ah, e se você começar a cantar, não me responsabilizo pelo que farei.

— Lulu, você não devia ameaçá-la; é apenas uma criança. Uma criança altamente chata, mas uma criança, seja lá como for — acrescentou Madeleine numa voz um pouco severa.

— Obrigada, Mad Mad! — disse Hyacinth, com um pouquinho de entusiasmo demais.

— Oh, basta com esse *Mad Mad*! Está na hora de você aceitar que não é muito boa para criar apelidos, Hyacinth. Na verdade, nem eu sou. É por isso que eu chamo todo mundo pelo próprio nome.

— Celery acha que você no fundo gosta de ser chamada de Mad Mad e que eu devo continuar chamando-a assim, não importa o que você diga!

— Diga a Celery que em algumas partes da Inglaterra o povo come ferrets — disse Madeleine com aspereza.

Cansados, irritados e famintos, os estudantes caminharam o restante do trajeto de volta à van em silêncio.

Exceto pelo resfolegar pesado de Macarrão e pelo chichiar dos gafanhotos, não se ouvia nenhum outro som.

Sem a pressão de ter de chegar a concurso de beleza, todos esperavam que a sra. Wellington fosse obedecer às leis básicas de trânsito, olhar para a estrada e, no geral, fazer um esforço para conduzi-los vivos para casa. Contudo, tão logo a idosa girou a chave, ela pisou violentamente no acelerador e tirou os olhos da estrada.

— Madame, como foi um prazer quase morrer e sermos presos para chegar aqui, não estamos com pressa nenhuma de voltar para casa, de modo que a senhora poderia diminuir para ficar dentro do limite de velocidade — disse Schmidty quando os pneus cantaram ao contornar uma esquina.

— Sim, suponho que é verdade. Não é como se alguém estivesse nos esperando lá em casa.

— Na verdade, os gatos estão lá, mas com certeza não estão esperando por nós, já que eles provavelmente nem notaram que desaparecemos, porque dormem o dia todo — esclareceu Theo, balançando a cabeça. — Conversa ociosa.

— Perdoem-me, mas será que vocês todos esqueceram que há centenas de aranhas e besouros andando pela casa, esperando apenas que nós voltemos? Oh, não! Só de pensar nisso eu me sinto mal — gemeu Madeleine.

– Então pare de pensar nisso – disse Garrison com firmeza –, porque eu realmente não quero ficar nauseado no carro. E digo isso tanto como amigo quanto como o garoto que está sentado ao seu lado.

Os estudantes cabeceavam de sono, entrando e saindo do estado consciente, despertando apenas ao som de carros buzinando ou pneus cantando. Quando a sra. Wellington virou para entrar na rua Principal, todos estavam bem despertos e salivando ao pensar numa refeição quentinha antes de ir dormir.

Para grande surpresa da sra. Wellington e de Schmidty, o xerife os esperava do lado de fora da estação. Mesmo com a longa sombra lançada pela aba do chapéu do xerife, Schmidty podia notar que alguma coisa estava muito errada. O xerife não era um homem que ficasse branco com facilidade, mas estava decididamente pálido. Indiferente à sua expressão, a sra. Wellington levou a van para a saída enquanto Schmidty permanecia sentado para se preparar para o que estivesse por vir.

– Olá, xerife. Que civilizado de sua parte vir nos saudar! – disse a sra. Wellington com um sorriso. – Temo desapontá-lo, mas não vim com um troféu, nem Macarrão veio, mas só porque aqueles tolos dos Knapp nos tiraram do concurso de beleza canino! Francamente, aqueles dois são uma chateação, e seu senso de figurino é absolutamente catastrófico. Acho que devemos pressionar o Congresso para aprovar uma lei sobre casais que se vestem com roupas iguais.

– Sra. Wellington, eu acho que é melhor a senhora entrar. Tenho algumas notícias ruins a lhe dar, e acho que a senhora deveria se sentar.

– Oh, não! – arfou a sra. Wellington, não se movendo uma polegada. – Não me diga que o Schmidty morreu!

– O quê? Não. Ele está bem ali – disse o xerife quando Schmidty juntou-se aos dois na calçada, deixando Macarrão e os garotos na van.

– Oh, graças aos céus! Por um segundo eu pensei que você estivesse morto – disse a sra. Wellington ao se virar para Schmidty.

– Pensou ou esperou? – cuspiu o idoso em réplica. – Xerife, eu sinto por sua expressão preocupada que alguma coisa bem medonha aconteceu. Devo supor que Munchauser roubou mais um cavalo de corrida? Ou perdeu seu gato num jogo de pôquer?

– Eu gostaria de poder dizer que sim, mas não é com o Munchauser. É com alguém chamado Sylvie Montgomery.

– Sylvie quem? – perguntou a sra. Wellington, perplexa.

— Eu não me lembro de Madame ter tido uma estudante chamada Sylvie algum dia.

— Sylvie não é uma antiga estudante. Ela é uma repórter, e chegou à cidade há cerca de uma hora. Sra. Wellington, ela sabe sobre a escola. E pelo que esteve me descrevendo, suas interpretações dos métodos da senhora são horríveis. Tenho certeza de que vocês dois podem imaginar como soam horrorosas as coisas quando vistas fora do contexto por alguém que não foi à escola.

— Mas, como – sussurrou Schmidty –, como ela conseguiu ficar sabendo tanto sobre nós?

— Parece que alguém de dentro lhe passou o furo no concurso de beleza para cães.

— Oh, meu Deus! – resmungou Schmidty.

— E isso não é o pior – continuou o xerife.

— Esta mulher está prestes a devassar minha escola, um lugar que eu criei como se fosse meu próprio filho, e ainda por cima há uma coisa pior? Como é que pode? E não diga que ela matou Schmidty. Eu não acho que posso suportar isso...

— Madame, repito, eu estou bem aqui, vivinho.

— Oh, graças aos céus! – disse a sra. Wellington de forma dramática, com a mão sobre a testa.

— Sylvie sabe sobre Abernathy. Seu ponto de vista é que as táticas não ortodoxas da senhora levaram-no a viver nos bosques, sozinho e apartado da sociedade. É uma matéria bastante sensacionalista.

– Quanto tempo nos resta? – murmurou a sra. Wellington.

– Sylvie diz que vai publicar a história no fim do mês. Ela está apenas esperando ter um lugar na primeira página.

– Nunca pensei que isso acabaria desse jeito, mas, de qualquer modo, eu nunca pensei que acabaria – disse a sra. Wellington, com o rosto pálido, exceto pela sombra generosamente aplicada e seu batom. – Suponho que devemos nos preparar para lamentar ou fazer lá o que seja que as pessoas fazem quando alguém morre. Xerife, o senhor nos levaria de volta a Summerstone agora?

Durante a viagem de volta à base de Summerstone, os garotos sentiram que alguma coisa estava errada, mas não conseguiram adivinhar o que estava acontecendo. Theo ficou olhando para a sra. Wellington e Schmidty com bastante atenção, notando a expressão de agonia no rosto de ambos. Por pior que houvesse sido ver Macarrão vestido de tutu, Theo sabia que Schmidty não poderia ficar com uma expressão tão atormentada por causa de uma coisa tão boba. E quanto à sra. Wellington – certo, ela havia sido expulsa do concurso de beleza, mas sempre poderia criar um só seu. Não, era outra coisa, Theo pensou quando a van parou na base da montanha. Os cinco estudantes, Macarrão, Schmidty e a sra. Wellington fizeram o trajeto no BVS em silêncio. Foi só depois que o grupo chegou à porta frontal imponente de Summerstone que alguém enfim disse alguma coisa:

– Sinto muito, mas vocês se importariam muito se eu esperasse aqui fora enquanto vocês tentam recolher as aranhas e os besouros? – perguntou Madeleine. – E, por favor, mantenham os olhos abertos para alguma espécie de cruzamento entre os dois. Tenho quase certeza de que isso aconteceu.

– Ninguém se importa nem um pouco – disse a sra. Wellington, amável –, embora eu vá me recolher para dormir, de modo que você pode ficar à vontade. Schmidty, eu confio que você possa controlar a situação depois de minha partida.

– Certamente, Madame.

– Suponho que essa seja uma coisa boa: você não terá que me chamar mais de Madame.

– Oh, não, eu sempre a chamarei de Madame. Nossa relação não poderia existir sem uma rígida hierarquia.

– É bem verdade, velho, é bem verdade – disse a sra. Wellington docemente antes de entrar em Summerstone.

– Uau, ela está mesmo deprimida depois de ter sido chutada para fora daquele concurso! – disse Garrison, balançando a cabeça com o choque. – Eu não fazia ideia de que cães vestidos a caráter pudessem significar tanto para uma pessoa!

– Eu não tenho certeza disso. É o que está acontecendo? – perguntou Lulu a Schmidty, sentindo que havia mais coisas na situação.

– Não, temo que não tenha nada a ver com isso. Infelizmente, parece que no concurso uma repórter recebeu informação sobre nossa instituição, incluindo detalhes das variadas técnicas da sra. Wellington e, o que talvez seja ainda mais prejudicial, tudo sobre Abernathy. O artigo será o nosso fim.

– Aqueles Knapp estúpidos! Eu vou sequestrar Jeffrey só para castigá-los! Eles vão lamentar terem se metido com a gente! – gritou Lulu.

– Sim! – gritou Theo. – E vamos vesti-lo com roupas bem ruins também. Ele vai virar gozação em todo parque de cachorros de Massachusetts!

– Sinto informá-los, mas não foram os Knapp. Segundo o xerife, a repórter recebeu a notícia por um de nossos estudantes. E embora a aluna não seja mencionada por nome porque é uma menor, foi positivamente declarado que ela viajou com um ferret de estimação.

Hyacinth imediatamente baixou os olhos para o chão, envergonhada.

— Ora, sua desprezível, maligna, pestilenta, virulenta larvinha! – explodiu Madeleine, furiosa. – Se eu não estivesse aterrorizada por entrar na casa, eu sumiria, porque só olhar para você me faz mal!

— O quê? Não, Mad Mad! Você não pode ficar com raiva de mim. Nós somos melhores amigas. Não foi culpa minha. Celery disse que não havia problema algum em contar para Sylvie, porque ela é minha melhor amiga também! Sylvie e Hyhy, amigas para sempre! Eu nunca teria feito isso se Celery não houvesse dito que ficaria tudo bem. Por favor, acredite em mim. Sou inocente. É tudo culpa da Celery!

— Patético! Você não consegue nem assumir seu próprio erro e está jogando a culpa num ferret! – gritou Lulu para a pequena garota de terninho.

— Não, Lulu, por favor, entenda. Sylvie é tão minha amiga quanto vocês, turma. Eu não escondo nada dos meus melhores amigos. Eu achava que era isso que grandes amigos fazem. Achava que eles se davam as mãos e contavam uns para os outros todos os seus segredos.

— Você sabe o que é tão triste nessa coisa toda? – perguntou Theo de forma retórica. – É que você é tão obcecada em ser amiga de todos que não conhece nem a primeira coisa que se deve fazer na amizade. Você não é boa amiga nem do seu ferret. Você atribui todos os seus comentários malvados e erros a ele. Eu tenho certeza de que, se eu deixasse Garrison, Madeleine ou Lulu com um repórter por dias a fio, eles nunca teriam traído ninguém, menos ainda a sra. Wellington.

– Eu disse que sinto muito – murmurou Hyacinth.

– Eu acho que é melhor você e Celery irem para o quarto, Hyacinth. O restante da turma tem que pegar um monte de aranhas para que Madeleine possa ir para a cama – disse Schmidty friamente.

– Eu posso ajudar!

– Não queremos sua ajuda – disse Garrison com firmeza. – Não queremos mais relação nenhuma com você.

CAPÍTULO 20

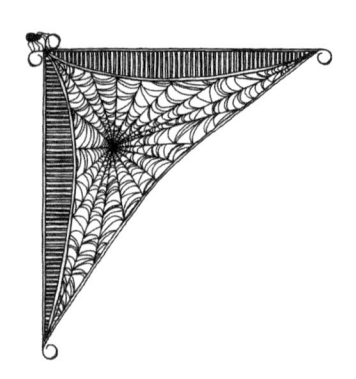

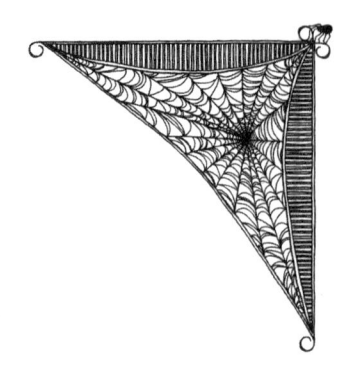

TODO MUNDO TEM MEDO DE ALGUMA COISA:

Enisofobia é o medo

de críticas.

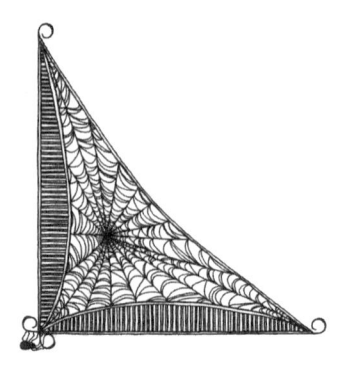

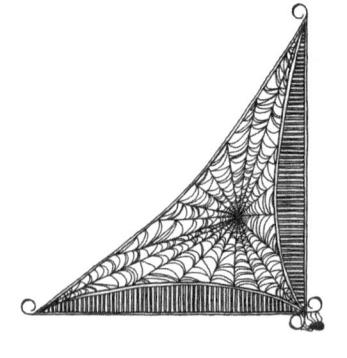

Hyacinth entrou pelo vestíbulo de Summerstone com uma expressão estoica, parecendo ter controlado suas emoções. A garotinha mal havia chegado à escadaria quando suas pernas começaram a tremer. Logo seu peito se apertou, e ela sentiu como se mal pudesse respirar. Lágrimas derramaram-se por sobre as maçãs de seu rosto quando ela subiu os degraus, relutante. A cada passo, Hyacinth lutava contra a esmagadora ânsia de voltar correndo para trás e se jogar à mercê dos outros. Ela não podia explicar por quê, mas seus instintos sempre lhe haviam dito para fugir quando ficava sozinha. Era esse senso de pânico que a levara sempre a procurar companhia.

Ela reconhecia que não havia motivo racional para temer ficar sozinha; contudo, a experiência a deixara cheia de sensações de pânico. Sua mente disparava quando suas emoções se agitavam, não deixando espaço para a lógica. Ela disparou para a porta, mas parou de repente. Hyacinth sabia que eles iam forçá-la a retornar, e não suportaria ter que subir outra vez os degraus sozinha. Além do mais, ver as expressões críticas de seus colegas de classe apenas aumentaria a culpa e a vergonha pela situação.

Sozinha em seu quarto de dormir, Hyacinth se enroscou junto a Celery e chorou. Ela nunca se sentira tão pequena e insignificante quanto se sentia naquela cama. O mundo parecia um lugar frio e solitário, e a pior parte era que ela o havia tornado assim. Estranhamente, depois de encharcar por completo tanto a fronha quanto o ferret com suas lágrimas, ela começou a pensar com clareza pela primeira vez desde que chegara à Escola do Medo.

Ela não sabia muita coisa sobre os outros, e eles não sabiam quase nada sobre ela. Ninguém lhe havia feito nenhuma pergunta, e por mais que ela desejasse culpar alguém por não ser amistoso, ela sabia que não era o caso. Nunca havia permitido que uma conversa normal se desenvolvesse, uma conversa em que ela poderia ter falado de sua infância em Kansas City ou de seus verões em Mumbai com a avó. Oh, sim, Hyacinth pensava, uma conversa tão natural teria sido divina! De súbito, esmagada pelas histórias que desejava ter compartilhado com os outros, Hyacinth chorou com mais força ainda. E quanto mais intensas suas lágrimas ficavam, mais ela se esforçava por permanecer o mais silenciosa possível. Depois de tudo que fizera, não queria perturbar mais ninguém.

No andar de baixo, Madeleine se movia de um lado para outro freneticamente, agitando os braços com fúria. Tinha certeza de que sentia o caminhar de múltiplos insetos e aranhas em torno de todo o seu corpo. A preocupação de Madeleine com bichinhos não era um reflexo de seu desinteresse pela sra. Wellington. Ao contrário, ela trazia um poço fundo de sofrimento no estômago pela sra. Wellington. Mas também reconhecia que não podia ignorar o exército de aranhas e besouros que vagava sem rumo por Summerstone.

— Sinto que eles estão rastejando sobre mim. É uma tortura — disse Madeleine, com a voz dilacerada.

— Srta. Madeleine — disse Schmidty —, é medonho vê-la tão aflita. Eu creio ter um pouco de repelente extra guardado para emergências. A senhorita não se importa de esperar um pouco enquanto vou procurá-lo?

— Oh, sim! Isso seria brilhante. O senhor é um homem tão adorável! Obrigada – disse Madeleine quando Schmidty entrou em Summerstone.

— Turma, eu estou lutando contra alguma coisa – disse Garrison, afastando as mechas louras de seu rosto bronzeado.

— Oh, não! Eles pegaram você também? – guinchou Madeleine.

— Não, Maddie, e eles também não pegaram você. É só sua imaginação, eu juro – disse Garrison, baixando os olhos para o chão. – Eu sei que é errado, porque surfistas devem ser dados à paz e ao perdão, mas eu estou tão furioso com aquela garota! Não consigo nem dizer seu nome, de tão bravo que estou...

— Não seja tão duro com você mesmo; você é um *pretenso* surfista, não um *pretenso* budista. Não precisa gostar de todo mundo – respondeu Lulu.

— O budismo está decididamente na minha lista de religiões em potencial – murmurou Theo para si mesmo.

— Isso é muito injusto. A sra. Wellington não merece isso – acrescentou Lulu com um suspiro –, nem a gente. Se a escola ficar exposta, o que acontecerá conosco? Quem vai nos ajudar? Como pode uma falastrona de dez anos causar tantos problemas? Estou tão furiosa que poderia chorar. E os Punchalower não choram... nem em funerais.

— Os Bartholomew sim, com certeza. Bem, tecnicamente, não minha mãe, meu pai ou meus irmãos, mas eu sim – disse Theo, pondo a mão no ombro de Lulu. – Talvez não seja tão ruim. Talvez, quando o artigo da jornalista sair, estudantes antigos surgirão para dizer como a sra. Wellington os ajudou. E então ela poderá escrever mais um artigo e ninguém nem sequer se lembrará do Abernathy.

— Francamente, não acho que terá importância se outros estudantes surgirem – disse Madeleine, borrifando repelente por toda a sua volta. – Se você ficasse sabendo que a sra. Wellington fez com que um estudante se tornasse um morador biruta da floresta, teria confiança em mandar seu filho para ela?

— Bem, meus pais mandariam, mas eles não são assim tão interessados em mim – resmungou Lulu. – A sra. Wellington é uma maluca, mas, de algum modo, contra toda a lógica e o senso comum, ela consegue mesmo ajudar as pessoas. É realmente um dos grandes mistérios da vida.

— Então é isso? É esse o legado da sra. Wellington? A senhora insana da colina que transformou um homem num morador antissocial da floresta. Ah, e ela procurava sempre combinar a maquiagem com as roupas! Não. Isso *não* é certo. Eu não aceito isso – disse Theo. Ele fez uma pausa para tocar no estômago. – Alguma coisa muito sinistra está acontecendo. Eu sinto meu ativista interior saindo.

– Por que você faz parecer que um alienígena está saindo de seu estômago só porque se sente motivado a ajudar alguém? – perguntou Lulu, revirando os olhos para o garoto teatral.

– Eu não acredito em alienígenas, Lulu, você sabe disso. É uma nova pessoa, o homem que não aceita o jeito como as coisas são, e as muda. Acho que ele merece um novo nome. Que tal Adam, o Ativista?

– Você está começando a soar como alguém com múltiplas personalidades.

– Correto, Lulu, de modo que fica sendo Theo, o Ativista. Eis o que Theo, o Ativista, está pensando: vamos pegar um monte de novos estudantes e relatar como a sra. Wellington pode curá-los. Será um documentário que eu vou produzir em um formato no estilo do cineasta Michael Moore. Produzir um filme é uma coisa que eu sempre quis fazer, de modo que vou matar dois coelhos com uma cajadada só. E eu digo isso metaforicamente, porque, como vocês sabem, eu nunca mataria um coelho, quanto mais com uma cajadada.

– Sinto, Theo, mas acho que sua estreia nacional terá que esperar – disse Garrison.

— Francamente, Theo, você não estava ouvindo? – perguntou Madeleine. – Nenhum pai em sã consciência mandará seus filhos para a Escola do Medo assim que ler essa história. Nós não conseguiremos quaisquer novos birutas para seu documentário.

— *Birutas* seria um grande nome para um doce. Amendoins, nozes, tudo coberto com caramelo e chocolate. Perto do Natal eles poderiam fazer uma barra especial de macadâmia ou avelã... *Biruta de Feriado: melhor do que manteiga para seu guisado.* O slogan precisa de aperfeiçoamento, mas acho que vocês pegaram a ideia.

Lulu e Madeleine ficaram olhando emudecidas para Theo, e Garrison de repente começou a dar socos pelo ar.

— E se não for sobre encontrar novos estudantes, mas revisitar um antigo?

CAPÍTULO 21

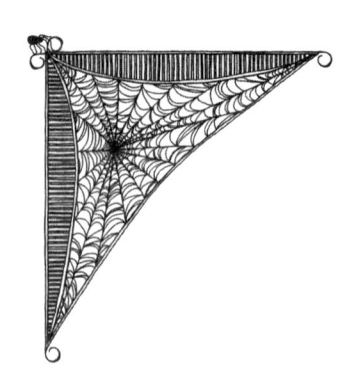

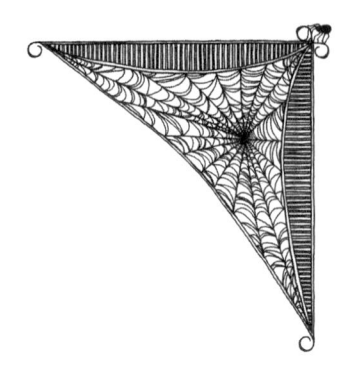

TODO MUNDO TEM MEDO DE ALGUMA COISA:

Novercafobia é o medo

de madrastas.

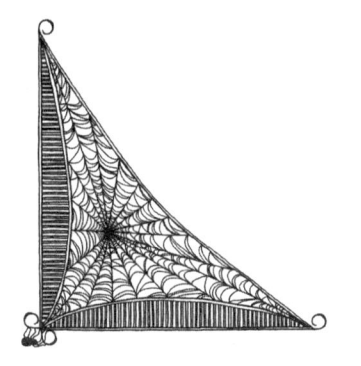

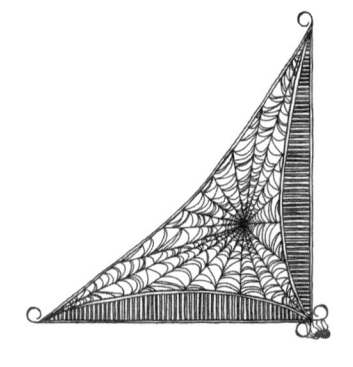

Com um repelente na mão, Madeleine se dispusera a criar uma nuvem tão densa que mal podia distinguir Garrison sentado a apenas um metro de distância. Ela não se importava que estivesse se banhando com químicas e solventes prejudiciais. Só conseguia focar numa coisa – ou melhor, duas: aranhas e besouros. Se fosse necessário voltar ao antro do Juízo Final, como ela imaginava Summerstone, precisava tomar precauções. Era diferente de qualquer situação normal: ela sabia por experiência que havia aranhas e besouros na casa e que eles eram muitos.

Enquanto ela continuava a se afligir interminavelmente com aranhas e coisas afins, Garrison continuava com sua epifania:

– Precisamos arregimentar Abernathy. O artigo não sairá até o fim do mês, de modo que temos tempo para trazê-lo aqui e, se ele estiver caminhando para a reabilitação, o artigo da mulher poderá ser arruinado... e assim talvez ela não o publique... e mesmo se publicar, já não será tão poderoso.

– Espero realmente que haja outro Abernathy no mundo, porque eu não vou morar com aquele cara esquisito da floresta – disse Theo, balançando a cabeça. – Na verdade, eu estava pensando que deveríamos recomendá-lo para um *Extreme Makeover*, para se livrar do musgo sob suas unhas e tudo o mais. Talvez depois disso possamos morar juntos, mas de preferência não na floresta.

– Você é tão egoísta! – respondeu Lulu de forma áspera para Theo. – O que aconteceu com Theo, o Ativista? Tudo em que você pensa é você mesmo. O que é melhor para você? O que é mais fácil para você? O que você vai comer daqui a pouco? E a pior parte é que você finge ser esse *homem* amável, emotivo e sensível, mas você é realmente apenas um *garotinho* assustado e egocêntrico.

Theo olhou fixo para Lulu enquanto Garrison e Madeleine desviavam o olhar, com medo de que ele entrasse em combustão espontânea ou se afogasse numa crise histérica. Mas ele não fez nada disso. Ao contrário, tomou um fôlego profundo, um fôlego excepcionalmente profundo. Foi tão longo, de fato, que era meio implausível que fosse um só fôlego. Mas assim era Theo, sempre procurando fazer as coisas exageradamente. Depois do anormal e muito improvável fôlego de dois minutos, Theo olhou para a sua faixa de monitor do corredor da escola. Tocou-a. Ele a esfregou em seu rosto, mas não para secar as lágrimas.

— Você está certa, Lulu — disse Theo devagar e de uma maneira incrivelmente calma. — Eu estava sendo egoísta e imaturo, e muito diferente de um monitor do corredor da escola, e lamento por isso. Assumo total responsabilidade por meu comportamento, porque é o que um homem deve fazer.

— Uau, obrigada, Theo — disse Lulu com um sorriso satisfeito. — Estou surpresa e até um pouco impressionada.

— Bem, é isso o que eu faço, impressionar as pessoas — disse Theo com um dar de ombros. — Também gostaria de lembrar que, aos treze anos, sou considerado um homem já feito em muitas culturas, de modo que, da próxima vez que me criticar, diga apenas que sou um homem, não um garoto imaturo.

— Se quer que eu o chame de homem, então aja como um. Ajude a gente a trazer o Abernathy para cá e a matriculá-lo novamente na Escola do Medo.

— Sem querer interromper – disse Madeleine com delicadeza –, mas nós nem sabemos qual é a fobia dele, ou se ele tem apenas uma. Por tudo que sabemos, ele pode até ter milhares. Além do mais, como vocês planejam atraí-lo para fora da floresta? Ou vocês estão planejando penetrar na floresta?

— Ok, nós não vamos penetrar na floresta – disse Garrison, autoritário. — Se nós quatro ficarmos perdidos e desaparecermos no meio das trepadeiras, não vamos ajudar em nada a sra. Wellington. Se descermos, aposto que ele virá até a beira e ficará nos encarando como fez no verão passado. E aí nós precisamos descobrir como persuadi-lo a subir a Summerstone e se reinscrever.

— Sugiro que comecemos com um prato de sanduíches e mudemos para um tiramisù, porque vocês sabem que ele não pode conseguir comida pronta na floresta.

— Não que eu me oponha a levar-lhe um sanduíche, ou biscoitos ou doces, mas é um tanto necessário que tenhamos um plano mais avançado do que simples comida. Talvez devamos consultar o Schmidty. Quanto mais informações tivermos sobre Abernathy, mais fácil será entender o que aconteceu entre ele e a sra. Wellington – disse Madeleine, de forma inteligente.

– Combinado – disseram Lulu e Garrison em uníssono.

– Mas nós ainda vamos levar comida, certo?

– Sim, Gorducho, haverá comida – respondeu Lulu quando Schmidty veio de fora com uma bandeja de queijo, bolachas cream-cracker e frutas.

– Temo que será uma ceia fria e mínima, garotos. Eu simplesmente não tenho energia para ligar o fogão.

– Sim, sim, claro – disse Madeleine com doçura. – Mas, Schmidty, você se importaria de se sentar aqui com a gente um momentinho? Nós gostaríamos muito de vasculhar a sua mente.

– Por favor, vasculhe à vontade, srta. Madeleine.

– Suponho que não haja meio delicado de perguntar isso, de modo que vou simplesmente falar. Por que Abernathy veio para a Escola do Medo?

Schmidty deu batidinhas nervosas em seu penteado enquanto respondia:

– Abernathy tinha um caso pavoroso, talvez o pior caso da história: novercafobia. – Schmidty fez uma pausa para ver se isso significava alguma coisa para eles. – O medo de madrastas.

– Isso está saindo direto de um conto de fadas – disse um Theo fascinado, enquanto os outros olhavam para ele interrogativamente. – Cinderela. Ninguém mais lê? Estou me sentindo o último acadêmico vivo.

– Tenho toda a certeza de que você decididamente não é um acadêmico – esclareceu Lulu.

– Foi muito mais triste e infeliz que qualquer conto de fadas que eu tivesse lido, e, como vocês sabem, não houve final feliz para nenhum dos envolvidos.

– Detesto pressioná-lo com isso, Schmidty, mas temos um plano para ajudar a sra. Wellington, e precisamos saber tudo. Para que esse plano tenha a mínima chance de funcionar, devemos saber o que aconteceu entre a sra. Wellington e Abernathy – disse Madeleine com firmeza.

– Bem, não sei se é meu dever discutir sobre outro estudante com vocês, especialmente nesse caso tão delicado. Madame está muito devastada; eu odiaria que ela sentisse que eu traí a sua confiança e a do Abernathy.

– Ouça, Schmidty, você precisa repensar o que está acontecendo. O nome da sra. Wellington vai ser jogado na lama, será arruinado. Por mais que seja falso o conteúdo desse artigo, ele vai parecer crível devido a Abernathy. A menos que a gente faça alguma coisa, a escola está acabada! Encerrada! Morta! – disse Garrison acaloradamente. Isso fez com que Schmidty se sentasse.

– Sim, eu sei – disse o idoso, desanimado.

— Estamos tentando ajudar a sra. Wellington e você. Mas precisamos de algumas informações — continuou Garrison num tom um pouco mais delicado.

— Esse é um tiro arriscado, Schmidty, mas precisamos tentar. Queremos tentar — acrescentou Lulu — por vocês e por nós. Sem a Escola do Medo, quem vai nos ajudar?

— Tudo certo, vou ajudar vocês, mas primeiro posso perguntar que plano é esse?

— Vamos pegar Abernathy e matriculá-lo de novo na escola para que a sra. Wellington possa curá-lo antes que o artigo seja publicado. Sem Abernathy vivendo na floresta, não é uma história tão sensacional assim, de modo que talvez a repórter deixe de lado a coisa toda — explicou Garrison. — E antes que vocês possam ao menos pensar nisso, não, nós não vamos entrar na floresta. Estamos muito confiantes de que ele virá até a borda da floresta para nos observar, como fez no verão passado.

— Já que ele não tem televisão na floresta, eu aposto que ele pensa em nós como se fôssemos um reality show — murmurou Theo.

— Garotos, acho que é muito bondoso da parte de vocês tentar ajudar Madame. Eu também estou comovido, mas devo dizer que isso não funcionará. Ele não vai querer voltar para a escola, posso lhes assegurar.

— Como pode ter tanta certeza? – perguntou Lulu, irritada. – Não quer nem mesmo tentar? Ou o senhor já desistiu?

— Schmidty, estamos falando sobre sua Madame aqui. A mulher que o senhor mima noite e dia como se fosse carne da sua carne e sangue do seu sangue. Como pode desistir tão facilmente? – disse Garrison, afastando as mechas louras de seu rosto devido à frustração.

— Oh, decerto, não desisti *facilmente*, sr. Garrison. Passei décadas tentando atrair Abernathy de volta, para forçar Madame a fazer as coisas certas com ele, mas nunca funcionou; é simplesmente uma causa perdida. É uma dura lição das ásperas realidades da vida, mas eu temo que nem todos os erros podem ser corrigidos, não importa quão duramente tentemos.

— Schmidty, eu não consigo entender nada disso e sou considerado terrivelmente inteligente. Por favor, você deve explicar a história inteira desde o início. Precisamos entender por que você acha que nossas chances são nulas – implorou Madeleine.

— Sim, suponho que vocês precisem entender. Tudo começou quando a mãe de Abernathy morreu, bem perto de seu segundo aniversário. Como filho único, ele cresceu cada vez mais próximo e emocionalmente dependente de seu pai. Abernathy venerava o homem. Os dois eram inseparáveis. E nunca passou pela cabeça dele que isso um dia seria um pouco diferente. Foi só depois de entrar na escola primária que ele soube que os viúvos em geral se casavam novamente.

"Ele sentiu medo de que uma mulher imaginária pudesse levar seu pai embora e ficou com pavor de toda mulher de idade adequada que conversasse com seu pai. O garoto estava obcecado. As únicas mulheres na faixa etária de seu pai que ele considerava apropriadas para jantares ou festas eram parentes. E vocês podem imaginar como a vida fica tediosa quando seus únicos amigos são pessoas da sua família."

– E o pai dele estava querendo mesmo se casar de novo? Ele estava procurando outra esposa? – perguntou Madeleine.

– Oh, não. Ao contrário, ele prometera a Abernathy que nunca se casaria novamente, mas ainda assim o garoto se preocupava. Ele ficou fóbico até das madrastas de outras pessoas, dissolvendo suas amizades com qualquer um que tivesse uma madrasta ou mesmo gostasse de uma ou falasse com uma delas. Foi nessa época que seu pai resolveu que alguma coisa tinha que ser feita, que isso havia se tornado um problema que lhe prejudicava a vida. Ora, o rapaz parou de frequentar a aula de matemática depois que soube que a professora, sra. Elfin, era uma madrasta. E a sra. Elfin era uma mulher adorável...!

— Então seu pai o trouxe para a Escola do Medo? — Lulu cutucou Schmidty, num esforço para que ele continuasse no rumo da história.

— Sim, mas naquela época a Escola do Medo era situada em Nova York. É claro que a escola não foi a sua primeira escolha. O pai de Abernathy havia passado por um montão de outras coisas, como conselheiros, hipnotizadores, xamãs e até uma novidade de vida curta, chamada palhaçoterapia...

— Sinto interromper, principalmente porque isso obriga Schmidty a levar um tempo maior para contar a história, o que, aliás, não é um insulto, só um comentário – disse Theo com um sorriso distraído. – Ok, o sr. e a sra. Wellington dizem um monte de coisas anacrônicas, e na maioria das vezes eu deixo isso passar. Mas nesse caso eu não posso fazer isso. Eu não posso seguir em frente com a minha vida ou com a sua história sem saber: o que é a palhaçoterapia?

— Suponho que você seja jovem demais para se lembrar disso. Foi uma grande polêmica naqueles tempos – explicou Schmidty. – A União dos Palhaços e Mímicos protestou contra os cabeças da palhaçoterapia durante sete meses seguidos. Reclamavam que ela era difamatória para os palhaços de todo o mundo.

— Mas o que era? – persistiu Theo.

— A palhaçoterapia era baseada na premissa de que, se um palhaço aterrorizava uma criança até ela ficar fora de si, a criança ficaria com uma fobia tão grande de palhaços que esqueceria inteiramente seu outro medo. Por motivos um tanto óbvios, ela não foi muito bem-sucedida. Contudo, o que acabou acontecendo foi que um dos palhaços era um antigo estudante da escola de Madame, e foi ele quem falou ao pai de Abernathy da altamente reservada instituição no Upper East Side, a Escola do Medo.

— Ok, basta de palhaçoterapia — disse Lulu, impaciente. — Precisamos saber mais sobre Abernathy.

— Sim, por favor, Schmidty — disse Madeleine com um sorriso tenso. — Já está muito tarde, e você sabe, nós *devemos*, sem sombra de dúvida, dedetizar Summerstone antes de irmos para a cama.

— Nenhum de vocês nunca se perguntou qual é o sobrenome do Abernathy? — perguntou Schmidty de modo explícito.

— O sujeito vive na floresta. Duvido que ele use fio dental regularmente — disse Theo. — Sendo assim, não acho que use muito seu sobrenome.

Schmidty limpou a garganta antes de dizer:

— Abernathy Wellington.

CAPÍTULO 22

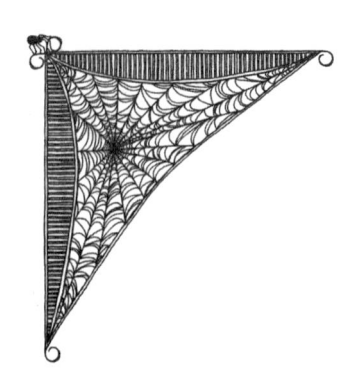

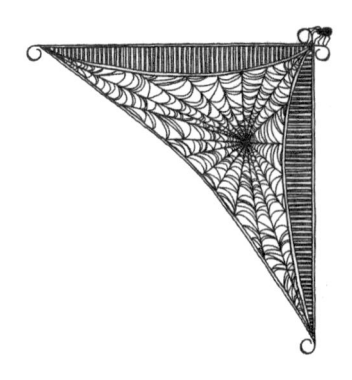

TODO MUNDO TEM MEDO DE ALGUMA COISA:

Hilofobia é o medo

de florestas.

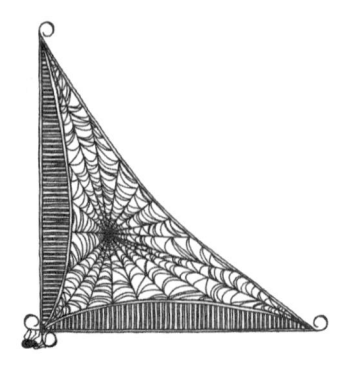

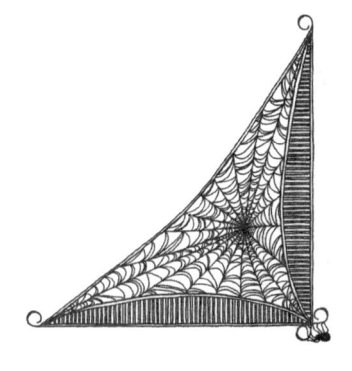

Madeleine, Lulu, Garrison e Theo não disseram uma palavra. Na verdade, nem sequer fizeram um sinal de assentimento com a cabeça; só ficaram esperando ouvir mais. Essa era uma revelação e tanto, e era preciso tempo para processar o que isso significava para a sua missão. Compaixão, confusão e muitas outras coisas percorriam a cabeça das crianças enquanto ponderavam o que seria a vida tendo a sra. Wellington como madrasta. Pois, na verdade, todos haviam levado um bom tempo para aceitá-la como professora.

Schmidty prosseguiu:

— O amor à primeira vista é um acontecimento maravilhoso e mágico, mas nesse caso ele foi também carregado de dor e sofrimento. Na primeira vez que Madame viu Harold e Harold viu Madame, eles souberam de imediato. A coisa os atingiu como um caminhão na estrada, simplesmente os derrubou. É claro, como a sra. Wellington era a professora de Abernathy, os dois lutaram contra isso com unhas e dentes. Mas lutar contra o amor apenas o fortalece. A cada olhar roubado ou roçar de mãos, o amor florescia. Por essa ocasião, Abernathy começava a fazer progressos sob a tutela da sra. Wellington. Ou melhor, da sra. Hesterfield, como ela era conhecida na época. Ele até começou a frequentar a classe da sra. Elfin novamente: essa era a mais espantosa das mudanças.

Madame e o pai de Abernathy ficaram tão impressionados pela transformação que ambos fizeram votos de nunca consumar seu amor, em consideração ao garoto. Essas proclamações, entre muitas outras, foram feitas em cartas que os dois trocaram. Mas, como sempre digo, se você escreve uma coisa, alguém com certeza vai lê-la, e Abernathy fez exatamente isso. A carta que caiu nas mãos dele foi, bem, a mais romântica de todas, cheia daqueles enredos de filmes, um amor que não podia ser impedido, mas também não podia ser consumado...

— Então, o que aconteceu? — perguntou Madeleine, com toda a empolgação que havia sentido durante a primeira leitura de *Orgulho e preconceito*.

— O garoto pegou fogo, virou às avessas. E a essa altura os dois resolveram que o casamento era melhor. Já que Abernathy sabia e o mal estava feito, eles resolveram que deviam se casar e enfrentar a situação como um problema de família, não como um problema de escola. Por mais que o plano fosse bem-intencionado, não funcionou muito bem. Abernathy fugia constantemente, indo parar em locais perigosos da cidade, ficando sozinho em bancos de ônibus ou em botequins vulgares. Madame e Harold concordaram, então, que talvez fosse bom para ele ter um refúgio no campo, um lugar onde pudesse passear sem causar qualquer preocupação, e assim Summerstone foi construída.

— Isso ajudou? — perguntou Garrison, intrigado. — Ele se acalmou?

— Na verdade, não. O garoto nunca passou uma noite na casa. Ele não iria dividir um teto com o pai e com sua madrasta... se recusava... de modo que na maior parte do tempo simplesmente dava no pé, dormindo em árvores e em canteiros de flores. A Escola do Medo ainda se localizava na cidade nessa época, e Madame e Harold se transferiam para Summerstone nos fins de semana, quando trabalhavam incansavelmente na recuperação de Abernathy.

— Espere. Eles o deixavam sozinho em Summerstone quando garoto? — perguntou Lulu.

— Nessa época ele já era um adolescente e tinha um zelador, eu mesmo, e um professor particular.

— Quem era o professor? – perguntou Theo.

— Um holandês muito idoso, que, posso acrescentar, não era muito inteligente, mas, seja lá como for, não é fácil encontrar um professor particular com boa vontade para dar aulas em cima das árvores. De qualquer forma, Madame continuou a curar todos os seus alunos, mas nunca fez progresso algum com Abernathy. E conforme os anos passavam, foi tentando menos. Foi na véspera do aniversário de dezoito anos de Abernathy que Harold morreu no trem, a caminho daqui. Harold apertou o peito, disse como desejava poder ter cortado o cabelo, e depois, bum! Estava morto. No funeral, Abernathy ficou a dois lotes de distância, empoleirado num grande carvalho. Pouca gente sabia que ele estava ali. Depois disso, desapareceu. Ocasionalmente, houve quem o avistasse em parques nacionais ou florestas. Madame enfim transferiu a escola para Summerstone, e é provável que o tenhamos visto umas duas vezes perto da floresta, mas nunca tivemos certeza. Fazia tempo demais, e ele havia envelhecido tão mal! Depois, no último verão, ele apareceu e, bem, vocês sabem o restante.

— Como ele sobrevive? O que ele come? Como ele arruma dinheiro? – perguntou Garrison.

— Não fazemos a menor ideia – confessou Schmidty. – Garotos, eu não vou impedi-los de irem amanhã, pois acho que é a coisa mais amável e maravilhosa que alguém já tentou fazer em consideração a Madame. No entanto, devo lhes pedir que não digam a ela uma só palavra do que vão fazer. Já que o sucesso é muito mais do que um grande tiro no escuro, eu não posso suportar a ideia de perturbá-la ainda mais.

— É claro, Schmidty – disse Lulu. – Não vamos dizer nada.

— Devo me recolher agora; este dia já me cobrou além da conta. Espero que entenda, srta. Madeleine, o quanto eu desejaria estar em forma para encurralar aranhas e besouros, mas estou esgotado devido aos acontecimentos do dia.

— Claro que entendo, Schmidty. E muito obrigada por compartilhar essa história com a gente. Vamos nos esforçar ao máximo para trazer Abernathy de volta para casa amanhã – disse Madeleine com um sorriso. Suas faces ficaram ruborizadas, e ela baixou os olhos. – Ah, Schmidty, caso se lembre de mais detalhes das cartas de amor entre o sr. e a sra. Wellington, sinta-se à vontade para contá-los para mim. Se forem apropriados, naturalmente.

— Cruzes, Madeleine! – disse Theo, balançando a cabeça. – O canal *Lifetime* não passa em Londres?

— Oh, Theo – disse Madeleine, bufando –, sua ideia de romance é sanduíche de queijo com batata!

Theo não discordou. Na verdade, ele preferia um sanduíche a qualquer coisa – exceto segurança, claro.

— Boa noite, garotos. Verei vocês amanhã de manhãzinha. – Dito isso, o idoso se afastou, cambaleando.

Com a retirada de Schmidty, a mente repleta de romantismo de Madeleine voltou a si e ela começou a se cobrir com repelente de novo. Borrifou e borrifou e borrifou até ficar completamente encharcada.

— Maddie, estou morrendo aqui – gemeu Garrison. – Sério, estou ficando com asma de tanto ficar perto de você.

— Não brinque com asma, Garrison – disse Theo com aspereza. – É uma doença muito séria, e eu sei disso. Meu gato tem; ele tem até um inalador para gatos e tudo o mais.

— Basta de asma e de gatos! – retrucou Lulu. – Tudo que ele quis dizer foi que Maddie precisa parar de se borrifar. É demais! Há poças de repelente em volta dos sapatos dela!

— Há centenas de enormes aranhas marrons e vermelho-vinho aqui dentro e centenas de besouros. Eu não posso me arriscar de modo algum. O único recurso que tenho é transbordar repelente de meus poros. Eu não me borrifei por quase um ano. Não tenho mais a estrutura que eu já tive no meu organismo. Vocês percebem o que estou enfrentando? É um exército de rastejadores sinistros!

— Não se preocupe, Madeleine, nós vamos pegá-las! — disse Lulu. — Quero dizer, Summerstone não é tão grande assim...

— Além do mais, há apenas noventa e nove aranhas, porque você matou uma na sua cabeça, lembra-se?

— Sim, Theo, eu me lembro. Na verdade, de forma bem nítida — respondeu Madeleine enquanto um calafrio percorria a sua espinha.

— Eu também. Aquela marca era tão detalhada, quase como uma fotografia em sua testa! Todos os pelinhos nas patas da aranha, as saliências esquisitas, os olhos... dava pra ver tudo — disse Theo devagar.

— Theo, pare de falar — protestou Lulu, balançando a cabeça para o garoto gorducho.

— Sim, isso é provavelmente uma boa ideia.

Assim que Theo fechou a boca, uma Madeleine de rosto coberto de suor virou-se para a esquerda e vomitou.

— Oh, céus, fico tão constrangida! Isso deve ter sido horrível para todos vocês. Eu juro que teria saído daqui se tivesse tido tempo... — Madeleine parou de falar, com as bochechas rosadas.

— Maddie, não foi culpa sua. Não foi nem culpa *minha*. Lulu obviamente poderia ter me parado antes disso

— disse Theo com autoridade quando o grupo se afastou do mau cheiro.

— Não me provoque, Gorducho. Estou cansada e faminta, e estamos muito perto de um penhasco.

— Anotado – disse Theo baixinho.

— Agradeça aos céus por não ter regredido demais, Madeleine. Já imaginou se tivesse enlouquecido como no verão passado? – disse Lulu de modo sarcástico, vendo Madeleine remexer-se com sua touca de banho e seu véu.

— Francamente, Lulu, você de fato consegue ser ácida! E posso lembrá-la de que você mesma não andava sozinha de elevador, e de vez em quando até fingia ir ao banheiro para enganar seus pais?

— Acho que mereço isso, um pouco. Sinto muito – disse Lulu, olhando para baixo.

— A coisa toda é desesperadora. Eu não posso sequer entender como eu vim parar num cenário desses. Como diabos isso foi me acontecer? – perguntou Madeleine ao grupo.

— Hyacinth, os Knapp, má sorte... muita coisa explica tudo isso – disse Theo, parando para pôr a mão sobre o peito. – Eu acho que o queijo está voltando do meu estômago. Isso está acontecendo com mais alguém?

Todos encararam Theo, sem saber como ele conseguira conduzir a conversa a esse ponto.

— Maddie, a boa notícia é que Schmidty já capturou quatorze besouros e dezessete aranhas – explicou Garrison para a nervosa Madeleine.

— Oh, que ótimo! Ele os matou? Tem certeza de que eles morreram?

— Ele os colocou de volta em seus potes e verificou três vezes se as tampas estavam bem fechadas.

— Muito bem – disse Madeleine com um ligeiro desapontamento. – Embora eu não possa prometer ter tanta compaixão se algum deles entrar no raio de ação do meu spray.

— Entendo – disse Garrison, assentindo. – Estamos prontos então?

— Não devemos nos alongar ou fazer qualquer coisa desse tipo primeiro? – perguntou Theo. – Talvez um pouco de aquecimento? De discussão sobre técnicas para preparar armadilhas?

— Theo, isso aqui não é as Olimpíadas. Não será assim tão fatigante ou complicado. Você vê uma aranha ou um besouro, o enfia num pequeno pote, depois o transporta de volta para a hospedaria e faz a contagem – disse Garrison.

— Uau, eu esperava mais de você, Garrison. Achei que capitães de equipes fossem famosos por seus discursos enérgicos. Não me admira que vocês não tenham se destacado no basquete este ano. O que vocês diziam para os seus companheiros de equipe? *Ei, é só uma bola, bota ela na cesta!* – disse Theo em alto volume, com voz afeminada.

– Primeiro, eu não tenho uma voz assim. E você quer um discurso enérgico? – disse Garrison, ficando cada vez mais irritado. – Ótimo! – continuou, passando os dedos por suas longas mechas louras e fechando os olhos. Quando os reabriu, um Garrison mais frio, calmo e controlado surgiu. – Isso é um desafio, um dos muitos que teremos que encarar nas próximas vinte e quatro horas. Mas quando sairmos, seja para dar busca a insetos ou para encontrar Abernathy, não poderemos nos preocupar apenas com nós mesmos. Não devemos pensar sobre nossos próprios sacrifícios, pois estaremos fazendo isso por nossos amigos, Madeleine e a sra. Wellington. Apanharemos essas aranhas e esses besouros porque Madeleine precisa disso. Faremos isso porque ela é nossa amiga, e boa amiga, aliás. Não, retiro o que disse: ela é uma *grande* amiga. E assim também é a sra. Wellington.

– Isso foi lindo, simplesmente lindo. Eu gostaria que você fizesse o discurso do meu funeral, se sobreviver a mim – disse Theo, secando as lágrimas dos olhos.

– Pare de ser esquisito, Theo! – disse Lulu, rumando para a maciça porta dianteira. – Mãos à obra. Não temos muito tempo se quisermos dormir um pouquinho.

Lulu entrou em silêncio no vestíbulo, andando na ponta dos pés pelo assoalho de madeira. Theo, bem atrás dela, ia tropeçando ruidosamente, batendo em tudo com as mãos conforme caminhava.

— Theo, pare de ser tão barulhento! Você vai espantá-las — sussurrou Lulu.

— Ou vou espantá-las *para fora* de seus esconderijos? Lulu, não se preocupe comigo. Eu tenho meus planos. Ou melhor, *um* plano. E todo mundo sabe que tudo de que se precisa é um bom plano. Eu tenho o meu: faça algum ruído, as atraia para fora de suas zonas de conforto e então avance. Mas sem matar. Isso não combina muito com minha filosofia vegetariana...

— Vai parar de falar e começar a pegar? — disse Lulu ao empurrar Theo em direção ao Grande Salão.

— Peguei uma — falou Garrison ao enfiar uma grande aranha marrom e vermelho-vinho dentro de seu pote.

— Eu me sinto um pouquinho inexperiente — disse Madeleine quando viu a grande criatura peluda. — Talvez eu fique esperando lá fora com o Macarrão. Nós realmente não temos tido muito tempo para uma conversinha — acrescentou, correndo de volta para a porta dos fundos.

Garrison adivinhou que as aranhas e os besouros seriam capazes de se espremer para entrar em aposentos com portas que estivessem entreabertas ou possuíssem um espaço entre o piso e a base da porta, não mais que isso. O que reduzia a lista ao salão de baile, à biblioteca das comidas fedorentas, à cozinha, sala de jantar, campos de polo e alojamentos humanos. Lulu ficou com o vestíbulo e o segundo andar, enquanto Theo e Garrison começaram pelos aposentos do Grande Salão.

Lulu era extraordinariamente rápida em ver e apanhar besouros. Sabendo de sua tendência a se esconder da vista de todos, ela de imediato pegou uns vinte e cinco sobre as fotos de concurso de beleza, a maioria deles posando como brincos, prendedores de cabelo ou broches. (O auge desta descoberta foi um colar de duas voltas feito com onze besouros.) Logo depois, Lulu descobriu dezenove deles formando uma moldura para uma pequena pintura, seis no pulôver de bolinhas favorito de Madeleine e oito nos quadrados pretos do tabuleiro de xadrez que havia no quarto dos garotos. De modo impressionante, Lulu tinha encontrado cinquenta e oito ao todo, somando um total de setenta e dois besouros capturados. Infelizmente, não foi tão bem-sucedida no tocante a aranhas. Ela conseguiu encontrar apenas quatro no armário da sala superior e três no vestíbulo.

Theo e Garrison começaram pela cozinha, por indicação do primeiro, claro. Enquanto Garrison vasculhou dentro dos armários cor-de-rosa e debaixo do fogão carmim, Theo ficou de olhos grudados numa porção de pão fatiado, e comeu dois pedaços durante o processo. Depois disso, enfiou um punhado de biscoitos na boca.

Logo, casquinhas de pão desciam cascateando de suas bochechas rechonchudas e caíam na sua camisa.

– Quer parar de comer? Preciso de ajuda – ladrou Garrison.

– Desculpe-me, Gary, mas estou ajudando. Podia haver besouros ou aranhas no pão ou nos biscoitos. Não é provável que eles não gostem de carboidratos.

– Como sabe que não comeu um deles sem perceber? Quer dizer, você nem mastigou.

Theo parou de mastigar. Ele quis cuspir o alimento, mas ficou preocupado com o que poderia ver. Não estava preocupado em ter engolido uma aranha, pois elas eram grandes demais para não serem percebidas, mas um besouro era uma coisa inteiramente diferente. Eles eram realmente pequenos, e Theo imaginou que poderiam ser tão crocantes quanto um biscoito. Com uma expressão dolorida, ele engoliu o pedaço de alimento em sua boca. O que quer que estivesse ali, ele não queria saber.

– Sim, talvez não seja o melhor momento para dar uma beliscada – concordou um Theo de rosto enojado.

– Vamos verificar a sala de jantar – sugeriu Garrison ao caminhar pelo corredor de contas que a ligava à cozinha.

– Uau, eles são espertos! – exclamou Theo ao encarar os cordões de contas dependurados entre os dois aposentos. Os besouros haviam formado um V entre as contas, fazendo com que ficasse parecido com um desenho proposital.

— Lulu acha que eles são mais espertos que você — disse Garrison com um sorrisinho.

— Vou encarar isso como um elogio — respondeu Theo, melindrado, e depois parou. — Pensando bem, não encaro não!

Depois de percorrer a biblioteca de comidas fedorentas e o campo de polo, Theo e Garrison ainda precisavam encontrar uma aranha. Conseguiram, contudo, aumentar a quantidade de besouros além dos dezesseis que haviam achado na cozinha, encontrando mais oito que se escondiam em diferentes partes dos cavalos, dos olhos às narinas e até as partes não mencionáveis.

Quando os garotos se dirigiram para a sala de aula, notaram uma luz vacilante brilhando sob uma porta indefinida junto ao compartimento do Fungo da Groenlândia. Não era uma porta bonita, estranha ou assustadora; era tão totalmente normal que poderia ser encontrada em qualquer casa dos Estados Unidos.

— Olhe, há uma luz acesa — disse Garrison, quando se moveu em direção à porta comum, para irritação de Theo.

— Vamos ficar no nosso caminho, ok? Estamos trabalhando com insetos. Depois, amanhã, teremos Abernathy. Temos uma agenda muito apertada, e por isso estou me sentindo até um pouco sobrecarregado... ei, espere!

— O que você está fazendo? — perguntou Theo, nervoso, quando Garrison abriu a porta em silêncio.

— Fique aqui — sussurrou Garrison para Theo.

— De jeito nenhum! Somos uma equipe! Somos Tharrison! Ou Gareo!

— Nada de misturar nomes — sussurrou Garrison ao descer por um corredor escuro e revestido de madeira. O corredor pouco iluminado dava para uma biblioteca apropriada, uma lareira, uma parede coberta de troféus e mais quadros do que se podia contar. Havia fotos emolduradas de crianças, adultos e famílias por todo o aposento: acima do aparador da lareira, da prateleira de livros, da ponta das mesas e penduradas nas paredes.

— Quem está aí? — perguntou a sra. Wellington com uma voz autoritária.

O alto espaldar da cadeira de couro obstruía a visão da sra. Wellington que os garotos poderiam ter, e vice-versa.

— Garrison e Theo — anunciou Garrison, embaraçado, nervoso por estarem prestes a ter problemas devido à bisbilhotice.

— Alunos de sua escola — acrescentou Theo, sem graça. — Não tínhamos intenção de interromper. Foi só que notamos uma luz acesa enquanto perseguíamos insetos. E como não gostamos de desperdiçar energia, entramos aqui para apagá-la. Assim, por favor, não se perturbe. Achamos que estávamos ajudando o meio ambiente... *não vamos brigar por uma luz a brilhar*... eu acabei de criar esse slogan... não é meu melhor trabalho, mas acho que a senhora sacou a ideia – falou Theo sem pensar.

– Olhem para todos esses rostos, todas essas vidas que eu ajudei. Muito notável, não é? E daqui a pouco nada disso importará – interrompeu a sra. Wellington, ignorando por completo a conversa sobre conservação.

– Não é verdade – respondeu Theo. – Olhe para todos os seus troféus. Falando como alguém que jamais ganhou um troféu, eles realmente significam algo... tornam a senhora importante... e ninguém pode tirar isso da senhora.

– Ganhei mais troféus do que posso contar – disse Garrison, antes de notar a expressão de inveja de Theo. – Então, de onde são todos esses troféus?

– Nós representávamos outras escolas: escolas especializadas, como a Academia dos Mentirosos, a Escola dos Mudos, o Instituto dos Desastrados, o Conservatório dos Contrários. Mas não sobrou nenhuma. As pessoas têm medo demais, medo demais de serem descobertas, difamadas, processadas e arruinadas – disse a sra. Wellington ao levantar-se e caminhar em direção aos garotos. – E logicamente por uma boa razão: o mundo não é o que um dia foi.

– Ok, isso não é bom – resmungou Garrison.

— Não é com toda a certeza, mas não há nada a fazer, exceto morrer, talvez – disse a sra. Wellington, aproximando-se dos garotos. – Eu suponho que devo começar a planejar meu funeral, selecionando o vestido, ajeitando minha peruca, descobrindo uma maquiagem à prova de vermes e, claro, decorando o meu caixão. Acho que cor-de-rosa com um forro lavanda. Ou talvez ouro puro. Afinal, só se morre uma vez...

— Sra. Wellington, ficaremos mais do que satisfeitos em ajudar na decoração do caixão, mas neste exato momento há uma situação mais urgente – balbuciou Theo, afastando-se de sua professora. – Muito, muito, muito mais urgente.

CAPÍTULO 23

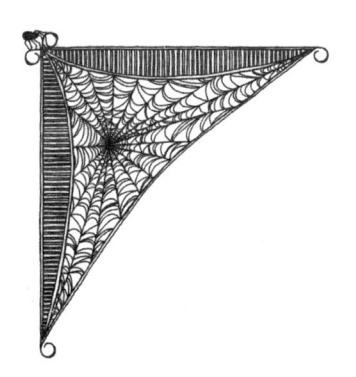

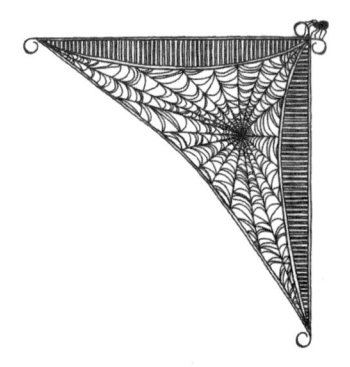

TODO MUNDO TEM MEDO DE ALGUMA COISA:

Oftalmofobia é o medo

de ser olhado fixamente.

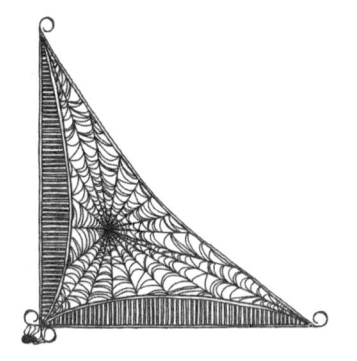

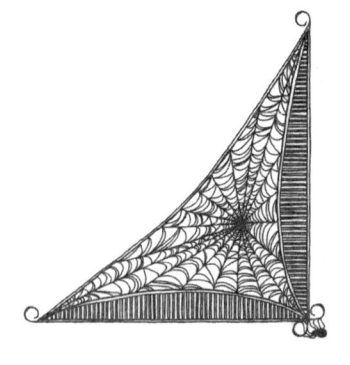

A pobre sra. Wellington estava tão perturbada e aflita que não notara que seu xale de tricô era na verdade uma manta de aranhas marrons e vermelho-vinho. As aranhas haviam encadeado suas patas umas nas outras, criando uma malha de aparência um tanto sofisticada. Era uma grande sorte, já que foi muito fácil transportar as aranhas de volta à hospedaria enquanto estavam juntas. E a sra. Wellington mal percebeu ou se importou com o fato de estar usando uma manta de aranhas. Estava inconsolável demais para cuidar de uma coisa tão trivial. Quando tudo foi concluído, apenas quatro besouros ficaram faltando, e Theo começou a pensar que podia ter comido pelo menos dois em sua pressa de devorar os biscoitos.

Depois de uma busca detalhada no quarto e no banheiro das garotas, Madeleine finalmente conseguiu dormir, embora usando uma touca de banho, um véu e um poncho de chuva, com uma lata de repelente em cada mão. Ali perto, Lulu se sacudia e se revirava, tendo sonhos nítidos com cães dançando sapateado e cantando músicas de show. No quarto vizinho, Theo permanecia acordado a maior parte da noite com as mãos sobre o estômago. As contrações em seu intestino grosso deixavam-no com alguma dúvida se não havia realmente comido um ou dois besouros. Sua mente pululava com imagens de besouros semimastigados roendo seus órgãos ou, pior ainda, procriando.

Ele desejava despertar Garrison e iniciar outra conversa animada, talvez falar sobre deixar de lado sua fazenda de insetos interna para ajudar a professora, mas se conteve. Garrison estava dormindo pesado demais para que fosse acordado. A habilidade para dormir antes de um grande dia devia ser o resultado de anos de torneios esportivos, pensou Theo.

Do outro lado do corredor, Hyacinth despertou no meio da noite confusa e desorientada. Quando se sentou na cama, tudo voltou depressa à sua memória. Seu coração novamente despencou até o estômago quando ela se lembrou dos terríveis acontecimentos. Embora impressionada com o fato de que fora realmente capaz de cair no sono sozinha num quarto, ela ainda estava presa em um pânico desenfreado. O extremo silêncio do quarto a deixava com o coração palpitante e pensamentos desesperados.

O que seria de sua vida se fosse *sempre* deixada sozinha? Seria ela forçada a viver com o horrível e sufocante terror que estava experimentando nesse momento? A garotinha saltou da cama e jogou sobre si um terninho verde limpo. Com as palmas das mãos suadas, ela girou a maçaneta da porta de seu quarto de dormir. Hyacinth tentou escutar com toda a sua força algum pequeno som que viesse dos outros quartos. Ela só precisava de uma prova de que não estava totalmente só nessa mansão enorme. Mas não ouviu nada. Afinal de contas, eram quatro da manhã. Ela deslizou para o chão e esperou que o sol nascesse, para obter a confirmação de que os outros ainda estavam lá.

Quando Madeleine, Lulu, Garrison e Theo entraram no corredor, na ponta dos pés, às 6h45, Hyacinth observava escondida no quarto. Simplesmente ver os outros a inundava com um senso de alegria e reafirmação, mas também ampliava o estranhamento que havia causado. Hyacinth deslizou para a cozinha enquanto os outros tinham uma sessão de estratégia matutina com Schmidty. Ela ouviu escondido quando o grupo decidiu que Macarrão não os acompanharia na aventura com Abernathy, devido à sua aversão a sentir os paralelepípedos sob as patas. Além disso, os buldogues não eram famosos por suas habilidades de comunicação, de modo que todos concordaram em deixá-lo em Summerstone. As regras estabelecidas por Schmidty foram simples: que eles não entrassem na floresta. Os estudantes só tiveram permissão de chamar o nome de Abernathy da borda da floresta e, caso o homem aparecesse, suplicar para que ele os seguisse até Summerstone.

– Vocês sabem que eu detesto ser negativista – explicou Schmidty –, a voz da tristeza e da condenação, especialmente porque estou comovido por tudo que vocês estão fazendo para ajudar Madame, mas simplesmente não quero que se sintam desapontados ou responsáveis se ele não retornar com vocês. Ele é um homem que ficou sozinho pela maior parte da vida, vivendo no meio do mato, longe da sociedade. Não será o mais fácil dos concorrentes a ser convencido.

– Mas Abernathy saiu de lá uma vez; ele pode fazer isso de novo – sugeriu Garrison. – Temos que tentar. Não podemos simplesmente deixar a sra. Wellington sentada aqui, esperando pela morte. Ela é uma boa professora e ajudou um monte de gente, e se puder ajudar Abernathy, talvez sejamos capazes de impedir que aquele artigo saia.

— Gary, eu nunca o vi tão otimista e determinado. Serei franco: estou inspirado neste momento. Se eu estivesse perto de um campo, acho que poderia praticar umas partidas de algum esporte — disse Theo com orgulho.

— *Umas partidas de algum esporte* — repetiu Lulu com voz distorcida. — Você não sabe nem falar sobre esportes, quanto mais praticá-los.

— E eu nem quero conversa com você por causa dessa coisa de me chamar de Gary — resmungou Garrison.

— Schmidty, você acha que Abernathy ficará assustado com o meu equipamento? É melhor eu ficar aqui? — perguntou Madeleine de forma polida.

— Não tente sair dessa, Madeleine — disse Lulu, decidida. — Além do mais, lembre-se que ainda há quatro besouros à solta em Summerstone, de modo que você não está a salvo em lugar algum.

— Obrigada por essas palavras desagradáveis e angustiantes, Lulu — disse Madeleine com os dentes cerrados.

— Sem problema — disse Lulu com um sorriso. — Então, Abernathy tem medo de madrastas, e nenhum de nós tem madrasta. Sim, isso vai ser moleza!

— Energia positiva, Lulu! A sra. Wellington precisa de nós. Esta escola é tudo para ela, de modo que o mínimo que podemos fazer é tentar ajudar – pediu Theo. – De qualquer modo, quem vai nos ajudar se ela não estiver aqui?

– Você está certo, Gorducho. Vamos fazer isso – disse Lulu ao levantar-se da mesa.

– E todo mundo concorda absolutamente que eu devo ir? – perguntou Madeleine, nervosa.

– Quatro besouros superespertos, Maddie, e não temos ideia de onde eles estão – disse Garrison com um sorriso.

– Certo – disse Madeleine com uma expressão tensa. – Vamos procurar Abernathy.

– Eu já aprontei os sanduíches e o tiramisù. O que vocês estão levando? – perguntou Theo aos outros.

– Nossos cérebros – disse Lulu, imperturbável. – E, esperamos, um bocado de sorte.

Embora Abernathy às vezes subisse até Summerstone, o grupo achou que a possibilidade de encontrá-lo seria maior se fossem para a floresta. Theo, Madeleine, Garrison e Lulu fizeram um trajeto sem incidentes pela montanha abaixo no BVS, razão pela qual Theo nem sequer se alongou depois. Ele simplesmente saiu do bonde como todos os outros. E lá o grupo ficou, olhando fixo para as maciças muralhas de folhagens que bordejavam a floresta. O quarteto não permaneceu um tempo muito longo nessa posição, mas assim lhes pareceu. Cada um deles estava pensando em como diabos poderia atrair Abernathy até a borda, quanto mais instigá-lo a ir até a escola e persuadi-lo a se matricular de novo. A missão de salvar a sra. Wellington de repente se pareceu demais com um exercício inútil.

– Estou pensando em a gente de repente cantar uma canção, estabelecer um estado de espírito amigável, para começar isso – disse Theo, rompendo o silêncio.

– Uma canção? – perguntou Lulu, incrédula. – O que você acha que é isso, um musical?

– Que tal uma coisa festiva, como o hino nacional?

– Não tenho certeza de que conheço essa canção, Theo, e, na verdade, minha voz não é muito boa – disse Madeleine de forma dócil enquanto se cobria de repelente.

– Theo, ninguém vai cantar. E não vamos cantar o hino nacional para um homem que vive no meio do mato – retrucou Lulu.

– E, pelo que sabemos, o hino nacional mudou desde que ele era menino – sugeriu Garrison.

Lulu, Theo e Madeleine olharam todos para Garrison e balançaram a cabeça.

– Tudo bem. Talvez não tenha mudado – disse Garrison, constrangido. – Não é comum ouvir no meu iPod. Como eu poderia saber?

— Mudando de assunto, devo dispor a comida como um bufê, sobre o chão?

— Que tal começarmos chamando o nome dele? — sugeriu Garrison.

— Isso não o insultaria, como se ele fosse alguma espécie de cachorro perdido ou algo assim? — respondeu Lulu depressa.

— De modo algum. As pessoas chamam meu nome o tempo todo no campo e eu nunca me sinto um cachorro. Apenas não fale cantado, como um nome de cachorro.

— Não havia percebido até agora, mas minha família toda diz meu nome de forma cantada, como para um cachorro de estimação perdido. *Theeeoooo!* O que você acha que isso significa? Falta de respeito ou demonstração de afeto?

— Ok, Theo, arranje um terapeuta. Garrison, grite o nome dele. Maddie, continue se borrifando — disse Lulu de modo inflexível e mandão.

— Abernathy! — gritou Garrison.

— Viemos em paz! — berrou Theo. — Não trazemos presentes, mas temos sanduíches e tiramisù, que são melhores do que os presentes que eu ganho e suponho que sejam melhores do que os presentes que você ganha. Embora eu não tenha certeza se você chega a ganhar presentes sem um endereço postal real, de modo que...

– Acho que podemos dizer que isso não está indo muito bem – observou Lulu.

O quarteto ficou ali olhando para a vegetação aparentemente interminável, com a responsabilidade pesando em seus ombros. Isso era tudo. Essa era a grande ideia que tinham para salvar a sra. Wellington, seu legado e eles mesmos. E não havia meio de negar que estavam fracassando. Garrison tentou tomar um fôlego profundo, mas não conseguiu – e não por causa do repelente de Madeleine. Ele estava paralisado demais pela ansiedade e pelo senso de dever. E não era o único. Lulu sentiu uma sensação familiar de pulsação no fundo de seu olho esquerdo quando o medo de fracassar a dominou.

Madeleine borrifou e borrifou, apreensiva por ter ouvido asas de insetos batendo ao longe. E de forma um tanto previsível, Theo roubou bocadinhos dos sanduíches em sua sacola. Ele sempre comia quando estava nervoso ou feliz, aborrecido ou, mais apropriadamente, acordado.

– Hum, turma! Olhem para a minha cabeça. Há uma lâmpada brilhando nela? Porque eu tenho uma ideia! – guinchou Theo, empolgado. – Eis o plano. Gary, Lulu, Maddie, fiquem atrás de mim numa fila reta.

– Tenho um palpite de que vou me arrepender do que quer que estejamos por fazer – murmurou Garrison para Madeleine.

– Altamente provável – concordou Madeleine.

– É uma armação supersimples de segundo plano. Eu quero que vocês caminhem lado a lado e batam palmas juntos. Vocês acham que podem fazer isso?

Depois dos indispensáveis olhos revirados e da zombaria, os três começaram a andar e bater palmas.

– Me dê um *A*! Me dê um *B*! Me dê um *E*! Me dê um *R*! – Theo se pôs a animar enquanto executava alguns movimentos rudimentares de chefe de torcida: – Me dê um *N*! Me dê um *A*! Me dê um *T*! Me dê um *H*! Me dê um *Y*! O que temos? Abernathy! Sim! Sim! Abernathy!

Theo terminou sua animação lançando seus pompons imaginários para o ar e pulando para cima e para baixo. Com um sorriso orgulhoso, virou-se de frente para seus amigos, que estavam curvados uns sobre os outros em risadas histéricas. Quando seu sorriso apagou, Theo começou a reconsiderar seu longamente acalentado plano de juntar-se ao grupo de animadores de torcida na escola. Essa não era a reação que ele esperava.

– Ok, vocês podem rir. Era para ser mesmo um número engraçado... de verdade... eu fiz isso para obter essa reação... eu achei que seria um bom exercício para o moral da equipe que todos rissem de mim... honestamente, eu não estava sendo sério... Ok, talvez estivesse, mas não falem para o Joaquin sobre isso, certo? – balbuciou Theo.

– Você acaba de salvar meu verão – engasgava Lulu, entre lágrimas de riso. – Não posso crer que tenha lançado seus falsos pompons no ar!

Madeleine de repente parou de rir e borrifar. A jovem delicada deu ligeiros tapinhas no ombro de Garrison e no de Lulu antes de apontar para a floresta com um sorriso.

– Eu o subestimei, Theo – disse Garrison amavelmente. – Seu plano funcionou.

Theo se virou de modo triunfal em direção à floresta e examinou a densa folhagem até avistar o rosto cinzento de Abernathy, que estava desgastado e manchado, com fissuras espalhadas por suas bochechas. Normalmente a visão de um homem tão maltratado daria calafrios na espinha de Theo, mas nessa ocasião tudo que ele sentiu foi alívio. Lançando seus pompons imaginários no ar mais uma vez, ele se aproximou devagar da borda da floresta.

– Oi! – gritou Theo de forma simpática. – Estou muito feliz por você ter gostado da minha performance. Infelizmente, não posso fazer um bis, porque aqueles eram os únicos movimentos que eu sabia. De modo que, por favor, não aplauda ou acenda um isqueiro, porque sou um calouro. – Ele parou para sorrir vitorioso para os outros. – De qualquer modo, estou aqui para lhe dizer *oficialmente* que eu entendo a situação. Eu perderia a peruca, sem trocadilho, se a sra. Wellington fosse minha madrasta. Não tenho certeza de que fugiria a ponto de viver na floresta, mas ficaria muito perturbado.

"Contudo, eu por fim perceberia que todo o comportamento maluco e insano da sra. Wellington, incluindo desfeitas sobre meu peso, era amor. Assim, nas palavras da grande lenda do canto Diane Ross, pare em nome do amor, e suba a colina... essa segunda parte não está na canção, mas você pode entender a ideia geral..."

— Ei, você aí — interrompeu Madeleine. — Sou Madeleine Masterson, e embora não seja uma madrasta, tenho uma avó substituta. É a madrasta do meu pai, e, bem, ela é maravilhosa. Eu a considero como a minha avó...

Abernathy continuou a olhar fixo para o grupo, como alguém faria se não entendesse sua linguagem. O homem não mostrava sinal algum de compreensão ou emoção.

— Nós sabemos que você tem medo dela, mas ela realmente pode ajudá-lo — argumentou Garrison com Abernathy. — Eu sei como é difícil acreditar. Às vezes até eu tenho problemas para acreditar em mim mesmo, mas é verdade... ela ajudou todos nós.

— Abernathy — reforçou Theo —, se me for permitido, vou lhe contar uma historinha, de homem para homem; ou como dizem os espanhóis, *mano a mano*...

— Theo, você sabe que *mano a mano* na verdade significa *mão a mão*, não *homem a homem*, como é geralmente mal-interpretado – explicou Madeleine. – De modo que, a menos que você esteja planejando apertar a mão de Abernathy, não é a frase correta.

– Sim, ok, vamos então esquecer o *mano a mano* até que tenhamos que usar um pouco de álcool em gel, sem querer ofender você, Abernathy. E não é porque você vive no mato que eu não quero trocar um aperto de mãos. Tem mais a ver com os resfriados que se pegam por aí nesta época do ano – acrescentou Theo depressa, sem graça. – De qualquer modo, como eu estava dizendo, quando cheguei a Summerstone, eu quis ir embora, e num trem expresso, se você entende o que eu quero dizer. Mas então eu conheci a sra. Wellington, e ela fingiu sua própria morte, e isso realmente me ajudou. Também me perturbou... mas foi útil... de modo que, basicamente, acho que ela pode ajudá-lo.

"Quero dizer, você não está cansado de comer galhinhos e insetos? Você não tem vontade de pedir comida pelo telefone e ver televisão a cabo? É uma grande vida... deixa a gente ajudar você a descobri-la. Por que não nos segue montanha acima até a casa pra gente tomar chá e comer uns biscoitos, talvez até tirar uma sonequinha, porque eu não sei sobre você, mas eu não dormi bem na noite passada. A propósito, eu posso ter comido alguns besouros ontem, e isso realmente me apavorou, e eu não quero ofendê-lo se você come besouros... porque você vive na floresta, o que mais pode comer?"

– Theo... – Madeleine tentou pará-lo.

– ... Talvez um esquilo, mas eu espero mesmo que não, porque eles são muito bonitinhos, não que a beleza tenha algo a ver com quem vive ou com quem morre, mas, vamos ser francos, ela tem a ver, sim, e é por isso que nós pisamos em aranhas, mas não em chihuahuas...

– Theo, vamos acabar com isso – disse Lulu, baixinho.

– De qualquer modo, você tem medo... nós temos medo... é como um acampamento, só que muito esquisito mesmo... e administrado por sua madrasta, de quem você tem pavor... mas eu acho que falo pelo grupo todo quando digo que ficamos todos um pouco apavorados com ela também. Então, o que você tem a dizer?

Abernathy continuou a olhar fixo para eles.

– Talvez devamos jogar o tiramisù sobre ele, para ele ter uma amostra do que é vida boa – sussurrou Theo para os outros.

– Ei, sou Lulu, e eu acho que, deste grupo, sou eu quem mais entende o que você sente. Minha mãe é mais como uma alienígena do que uma mãe para mim, e às vezes eu fico pensando no que estou perdendo e que todo mundo tem... e isso me deixa meio irritada... com ela... com a vida... e isso é normal. É normal ficar assustado ou irritado, mas não é assim que se deve viver para sempre. Deixa a gente ajudar você.

Abernathy encarou Lulu. Por um segundo, as palavras pareceram ter penetrado nele; o homem realmente parecia pronto para se aventurar fora da floresta. Depois, num piscar de olhos, desapareceu. E com ele foi-se a única chance de salvar a sra. Wellington e a Escola do Medo.

CAPÍTULO 24

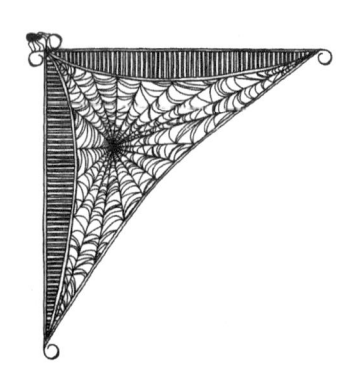

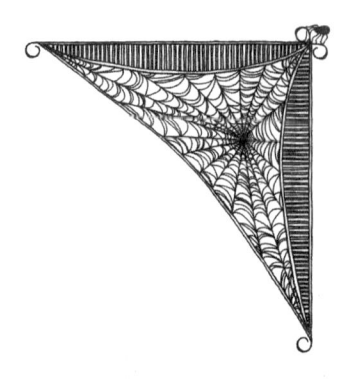

TODO MUNDO TEM MEDO DE ALGUMA COISA:

Astenofobia é o medo

de ter fraqueza.

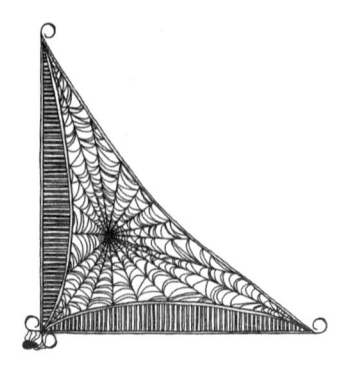

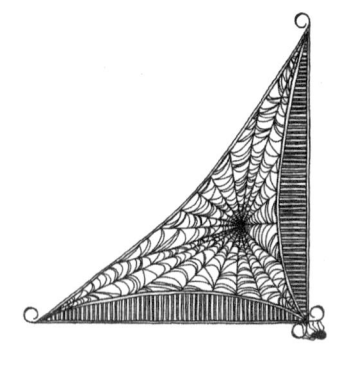

A escuridão não é só a ausência de luz, mas a destruição da esperança. Muito antes que a noite caísse, Madeleine, Lulu, Theo e Garrison ficaram envolvidos em uma escuridão absoluta. Sentiam que tinham falhado no desafio mais importante de suas vidas; um fardo inacreditável para carregar antes que houvessem concluído a puberdade. Mas lá ficaram, olhando fixo para as árvores, murmurando preces silenciosas para que Abernathy reaparecesse, mesmo sabendo que ele não viria. Não que nunca fossem se recobrar dessa experiência; eles iriam. Conforme o tempo passasse, a dor desse fracasso se apagaria para cada um deles. Disso eles sabiam, mesmo nesse momento. Embora não fosse um pensamento articulado em suas cabeças, eles podiam senti-lo em seus corpos.

Podia-se pensar que essa percepção diminuiria a dor do momento; na verdade, ela só fazia exacerbá-la. Lá estavam eles com suas vidas pela frente, enquanto a vida da sra. Wellington, quase toda já vivida, seria certamente destruída. Havia um elemento trágico no cenário todo, de Abernathy à sra. Wellington, que não podia ser ignorado: duas almas penadas incapazes de se emendar.

Não muito depois das oito, vaga-lumes começaram a passar às pressas pelos estudantes. A percepção de que, mesmo que Abernathy retornasse, eles não seriam capazes de vê-lo forçou o quarteto a entrar no BVS para retornar de mãos vazias a Summerstone. Foram saudados por Macarrão e Schmidty na porta da frente. Schmidty não perguntou se sua missão fora bem-sucedida, pois sabia que não fora. Na verdade, ele sabia desde o princípio que não seria, que era na verdade uma missão impossível.

– Garotos, tem uma ceia à espera de vocês na sala de jantar – disse Schmidty com doçura. – Macarrão já comeu; vocês sabem como ele pode ficar agitado quando está com fome. Mas eu esperei, e a srta. Hyacinth e Celery também.

– Oh, grande coisa! – gemeu Lulu. – É bem o que precisamos: Hyacinth e Celery. – Com um rosto de pedra, ela entrou pelo vestíbulo, onde se encostou à mesa e ficou esperando os outros chegarem.

– Agora não devemos ser rudes, srta. Lulu.

– Tudo bem – aquiesceu Lulu, esgotada pelo dia.

– Schmidty, a sra. Wellington virá se juntar a nós? – perguntou Madeleine, cheia de esperança, ao fechar a porta da frente por trás de si. – Eu gostaria muito de lhe dizer o quanto eu a respeito e que, mesmo tendo tido problemas em parte por culpa da hospedagem, ela me deu um presente tão grande no ano passado! Embora não curada, eu vivi uma vida totalmente normal. Ninguém mais se referiu a mim como o Monstro de Véu ou a Boba do Spray.

– Oh, que palavras adoráveis! Eu vou repassá-las para a sra. Wellington, ou, se você preferir, pode deixar um bilhete para ela. Ela foi para a cama e não vai poder fazer suas despedidas amanhã quando o xerife vier buscá-los.

– O quê? – perguntou Theo. – É isso? Nós vamos para casa? Mas nós não estamos preparados! Maddie está gravemente despreparada: está usando uma touca de banho!

– Eu sei, sr. Theo, mas Madame está incapacitada para ensinar qualquer um. Ora, ela no momento está incapacitada até para deixar a cama, e temo que eu não tenha a habilidade ou a energia para ensinar vocês todos. Mas, não se preocupem, seus pais serão reembolsados e receberão cartas que explicarão a situação, de modo que nenhum de vocês será responsabilizado pela falta de melhora.

– Eu não sei nem o que dizer – disse Garrison, desapontado. – Me sinto destroçado. Eu esperava que um dia pudesse ser um surfista que surfasse.

– Sim, bem, às vezes as coisas não acabam como nós queremos, mas isso não deve impedi-lo de seguir em frente, lutando pela vida – disse Schmidty quando se virou na direção do Grande Salão. – Vamos fazer uma boa refeição e falar das coisas felizes que virão.

– Não podemos dizer adeus à sra. Wellington? – perguntou Theo com lágrimas nos olhos. – Eu não me importo que ela esteja careca, amarela e com uma aparência assustadora...

– Temo que não.

Hyacinth estava sentada à mesa da sala de jantar com Celery empoleirada em seu ombro esquerdo. Ela fez um sinal quando Madeleine, Lulu, Garrison e Theo entraram e ocuparam seus lugares. Embora por fora parecesse estar calma, a garotinha sentia-se totalmente eufórica por ficar na presença de pessoas outra vez, mesmo que elas estivessem fulas da vida com ela.

Schmidty havia preparado um delicioso jantar de salada, penne e couve-flor com alho, e mesmo assim ninguém foi capaz de fazer algo além de encostar a comida no canto de seus pratos.

– O jantar está muito bom, Schmidty – disse Madeleine por educação ao se forçar a enfiar uma pequena porção de massa em sua boca. – Delicioso.

– Sim, Celery e eu o achamos muito saboroso – disse Hyacinth de forma doce, um primeiro comentário que foi de imediato encarado com um olhar furioso de Lulu. Era difícil demais para Lulu ouvir a voz de Hyacinth sem se lembrar do que a garotinha havia feito.

Theo baixou seu garfo e começou a chorar. Não era seu repertório dramático habitual, com tomadas de fôlego e fungadas excessivas. Esse era um pranto mais honesto e digno. Na verdade, não era um pranto de todo, era muito mais um chorinho suave.

– Eu não sinto que seja certo deixar você e a sra. Wellington aqui sozinhos, deteriorando-se até que a morte finalmente os tire desta terra. Não é assim que vocês devem passar seus anos dourados, ou anos de platina, ou como quer que se chamem os anos que estão atravessando. Por que vocês não vêm viver comigo? Joaquin quer arrumar um lugar só para ele. Você e Macarrão podem ficar no beliche comigo, e nós reservaremos um quarto particular para a sra. Wellington. Eu juro que meus pais nem vão notar, já há tantos de nós no apartamento!

– Você é um garoto muito bom, Theo, e nós agradecemos pela oferta, principalmente o Macarrão, já que ele deseja morar perto de vendedores de rua que deixam cair pedaços de carne no chão. Mas, infelizmente, devemos recusar. Aqui é o lugar onde Madame se sente melhor, e é aqui que devemos ficar.

– Mas o que vocês vão fazer sem ter uma escola para administrar e estudantes para cuidar? – perguntou Lulu.

– Estou planejando aprender a tricotar, talvez fazer alguns suéteres para Macarrão usar no inverno; vocês sabem como Madame gosta de animais vestidos.

– É só isso? Você vai apenas ficar aqui e tricotar suéteres para cães? – perguntou Garrison, incrédulo.

– Eu acho que farei também alguns suéteres ou lenços para os gatos, e depois um suéter para a Madame e, finalmente, um suéter ou dois para mim mesmo. Depois que o inverno passar, eu talvez plante alguns legumes, talvez tente pintar um retrato de Madame, em foco suave, claro.

– Mas e quanto à sra. Wellington? O que ela vai fazer todo dia? – perguntou Madeleine.

— A princípio suponho que ela não fará nada. Vai permanecer reclusa em seu quarto, mas com o tempo eu espero que ela se aventure fora dele, experimente suas coroas e tente seus dias de glória com algumas atividades extras à tarde.

— Nós poderemos ao menos fazer visitas? – perguntou Theo, cheio de esperança.

— Eu acho que não. Eu vou preferir que vocês se lembrem de nós como fomos, não como seremos – disse Schmidty, tristonho. – Mas não se preocupem. Caso aconteça alguma coisa, o xerife vai mantê-los todos informados.

— Então é isso? A última ceia? – disse Theo.

— Talvez nós quatro possamos nos encontrar pelo menos uma vez todo verão – sugeriu Madeleine. – Poderíamos ir a um belo jantar ou cinema, ou talvez encontrar uma nova escola ou acampamento para frequentar.

Hyacinth olhou fixo para seu prato, tristemente consciente de estar sendo deixada de fora dos planos para o futuro. Ela não poderia culpá-los, é claro, depois do que havia feito.

— Eu acho que sim – disse Lulu em resposta à sugestão de Madeleine. – Mas não será a mesma coisa. Isso é estranho, porque eu nunca nem achei que gostasse deste lugar, e agora tudo que quero é ficar.

— Eu também – concordou Garrison. – Eu vou sentir muita falta de tudo isso. Da sra. Wellington, do Schmidty, do Mac, dos gatos, da casa e de vocês, turma. Ninguém nunca entenderá o que nós fizemos aqui... não importa o quanto eu explique... e eu não quero explicar mesmo, sabem?

— Eu entendo completamente – disse Madeleine com um sorriso. – E Garrison...

— Sim, Maddie?

— Bem... – disse Madeleine com as bochechas vermelhas como beterraba – já que vamos embora amanhã, já que tudo está acabando, e nós poderemos não nos reencontrar novamente, ou pelo menos não tão frequentemente... eu quero lhe dizer... que eu acho que você é... – Madeleine de repente parou. Ela não conseguiu se forçar a dizer o que queria, o que precisava dizer. Em vez disso, simplesmente olhou fixo para Garrison, seu coração palpitando e as palmas das suas mãos suando. Em sua mente ela estava gritando o que queria, mas seus lábios não queriam se mover.

— Eu acho que você é... também... – disse Garrison com um piscar de olhos.

Lulu, Theo e Schmidty sorriram o tipo de sorriso que apenas amigos podem compartilhar. Hyacinth e Celery ficaram olhando curiosos, com uma mistura de vergonha, embaraço e inveja desenfreada. Esse era exatamente o tipo de relações, de amizades que ela sempre tentara conseguir. Foi apenas quando olhou para eles e notou a confiança que existia ali que ela percebeu que haviam passado muito bem a noite anterior. Ela não sabia nada sobre amizade. Nadinha mesmo.

CAPÍTULO 25

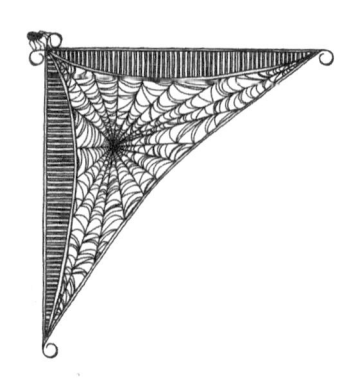

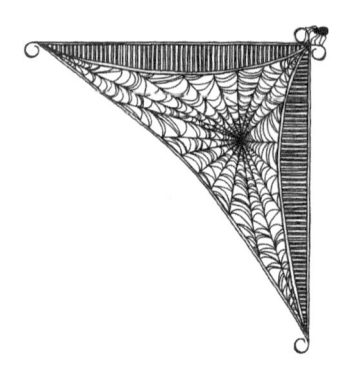

TODO MUNDO TEM MEDO DE ALGUMA COISA:

Automatonofobia é o medo

de estátuas de cera.

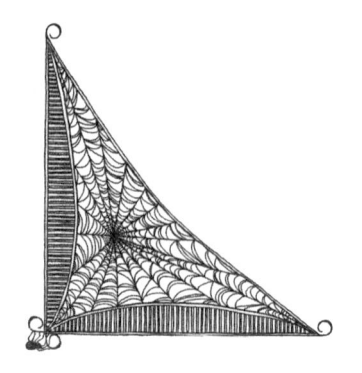

Madeleine, Lulu, Garrison e Theo não dormiram nada. Claro, ficaram estendidos na cama em silêncio, mas nenhum deles dormiu. Estavam ocupados demais absorvendo cada derradeira gota de Summerstone e da Escola do Medo antes que evaporasse. Nunca mais veriam a sra. Wellington, Schmidty, Macarrão, os gatos ou o interior da colossal e bizarra mansão. Era o fim de uma era, uma era muito importante, e eles não queriam desperdiçar um único segundo desse fim dormindo.

Ali perto, Hyacinth também estava acordada. A garotinha não conseguia afastar a sensação de pânico que pulsava pelas suas veias. Ela desejava dormir novamente no chão do quarto de Madeleine e Lulu, mas sabia que não podia. Além de todos estarem furiosos com ela, a única coisa que eles tinham em comum estava prestes a acabar. Essa estranha escola na qual ela acabara de entrar estava para desaparecer, e Hyacinth, por sua vez, retornaria à sua vida em Kansas City com a sua família. Mas retornaria com o mesmo problema. E seus pobres irmãos, irmãs e pais sofreriam. Hyacinth não podia suportar a ideia de sua família não querer ficar com ela, mas ter que fazer isso por obrigação. Não, pensava Hyacinth, esse era o tipo de relação que ela não queria mais ter.

Na hora do café da manhã, Theo, Madeleine e Garrison estavam com os olhos sonolentos e desanimados, temendo o adeus final que se aproximava depressa. Quando o quarteto sentou-se exausto à mesa da sala de jantar, Hyacinth deslizou para fora da porta da frente trajando um terninho alaranjado. Com Celery empoleirada em seu ombro esquerdo, a garotinha forçou-se a atravessar os domínios de Summerstone. Duas vezes ela parou e virou-se para trás. A ideia de descer para a estrada sozinha fazia sua visão se nublar de medo. Mas ela sabia que era a única esperança de corrigir o que havia feito.

Hyacinth começou a choramingar quando o BVS desceu a montanha se sacudindo. O tempo de súbito diminuiu para uma velocidade extremamente lenta quando ela sentiu um aperto no peito. Puxando fôlegos rasos e penosos, ela saiu do bonde. Ali estava, sozinha na borda da floresta, só ela e seu ferret. Hyacinth se virou outra vez e entrou no BVS. Era difícil demais. Ela não conseguiria. Ficou no bonde por trinta segundos. O que fazer? Uma batalha se travava em sua mente, e ela não sabia quem venceria. Seu desejo de mudar e consertar seu erro conseguiria suplantar seu desejo de escapar a essa sensação crescente de pânico? Mas essa sensação de pânico, essa força que lhe dizia para fugir, iria mesmo cessar quando ela retornasse a Summerstone? Não, ela retornaria como uma pária. Depois, voltaria para a casa como um fardo. Hyacinth não podia permitir que isso acontecesse.

– Olá! – sussurrou Hyacinth à borda da floresta. – Olá, Abernathy?

Nada.

– *Sou apenas uma garota trazendo no ombro um ferret. Não fique com medo por eu ser mais novinha. Só porque você vive com esquilos e no meio do mato não quer dizer que eu ache que você seja sujinho de fato. Eu não tenho medo de que você seja pirado. Eu só preciso de você para tudo ficar iluminado. Então, qual é a sua posição? Vai ficar comigo hoje ou não?* – cantou Hyacinth desafinadamente.

Enquanto decidia o que faria a seguir, Hyacinth ouviu o inequívoco som de folhas estalando.

— Eu gostaria que você não parasse de cantar — disse Abernathy na mais leve e suave das vozes da borda da floresta.

— Você gosta do meu canto? — perguntou Hyacinth, chocada.

— Oh, é tão maravilhoso... como anjos cantando.

— Você é a primeira pessoa em toda a minha vida a elogiar meu canto. Obrigada.

— Obrigado *digo eu*. Música é a única coisa que falta na floresta. Eu ouço os pássaros trinando e o vento se movendo, mas não é o mesmo que uma voz trazendo essas belas melodias para dentro de minha mente.

— Eu desejaria ter trazido a minha gaita! Eu nunca tive um público tão bom! Você não acreditaria em como sou melhor com uma gaita. No ano que vem vou pedir uma guitarra de presente de aniversário. Vou começar uma banda de uma mulher só.

— Oh, eu espero mesmo que você venha fazer uma serenata para mim!

— Sim! Isso seria tão impressionante! Talvez nós pudéssemos até gravar a serenata? Hyhy ao vivo da floresta! — disse Hyacinth empolgada, antes de se lembrar da situação. — Infelizmente, isso não será possível. Nós todos estamos indo embora. A Escola do Medo está fechando.

A menos, é claro, que você concorde em voltar e dar à escola mais uma chance...

– Não – disse Abernathy sem emoção. – Eu não posso... eu não vou...

– Você sabe, nós não somos tão diferentes, você e eu. Você tem medo de ficar com as pessoas, e eu tenho medo de ficar sem elas. Mas no fim eu acho que tem mais a ver com a gente do que com elas. Você sabe o que eu quero dizer?

Abernathy não disse nada. Ele só olhou fixo para a garotinha.

– Eu prometo, se você voltar, podemos cantar juntos todos os dias. Eu posso até colocá-lo em minha banda.

– Você tem um gravador? Aqueles Knapp me prometeram um gravador se eu os ajudasse, mas eles nunca mais apareceram. Eu sabia que não devia confiar em pessoas que usam suéteres iguais.

– Se você vier à escola e fizer uma tentativa, eu lhe darei algo até melhor do que um gravador: eu lhe darei um iPod.

– Um o quê?

– Você ficou mesmo muito tempo na floresta.

∞

Da mesma forma que na noite anterior, Madeleine, Lulu, Theo e Garrison não tocaram na comida. Eles apenas a empurraram para um canto de seus pratos, enquanto repassavam imagens em sua mente de cada pequeno detalhe de sua passagem por Summerstone. Uma coisa era certa: eles nunca entrariam novamente numa residência com tamanha singularidade e originalidade.

— Com licença — disse Hyacinth em voz alta da porta para o Grande Salão.

— Srta. Hyacinth, eu preparei um prato para você e Celery — disse Schmidty, amável.

— Seria possível preparar mais um prato?

— Celery está comendo em prato próprio agora? — perguntou Schmidty, desconfiado.

— Não, virá mais uma pessoa...

— Oh, Hyacinth! — explodiu Madeleine em alegria. — Eu não sei como você convenceu a sra. Wellington a descer, mas obrigada. Dizer adeus a ela vai ser tão significativo para todos nós! Obrigada novamente.

— Uau, isso é bem legal! — concordou Lulu. — Meio chocante, porque eu não achei que ela gostasse de você depois que você arruinou sua vida e sua carreira toda, mas obrigada...

— Obrigado, Hyacinth — disse Garrison com um sinal de apreciação.

— Eu não perdoo, mas quero perdoar — disse Theo sinceramente. — Mas tenho que admitir que me sentirei muito melhor ao ir embora se puder dar na sra. Wellington um de meus famosos abraços de urso. Por isso, obrigado...

— Na verdade, ninguém vai embora — disse Hyacinth com um sorriso. — Eu prometi a ele que todos nós ficaríamos aqui por todo o verão. — E então, por trás de Hyacinth, surgiu um homem de rosto acinzentado trajando roupas imundas.

— Abernathy — murmurou Schmidty em estado de choque.

— Ele não está preparado para a total experiência do show *Today*, por isso nada de fazer perguntas, turma — disse Hyacinth, segurando a mão de Abernathy. — Mas ele realmente ama música, principalmente a minha voz! Nós vamos até formar uma banda. Estamos ainda escolhendo nomes, mas estamos pensando que é melhor manter a simplicidade: uma Garota, um Cara e um Ferret. Nós até começamos a escrever nossa primeira canção. Vai se chamar "Não Fique com Ciúme do meu Ferret".

Quando Madeleine, Lulu, Theo e Garrison sorriram cheios de esperança para Abernathy, Schmidty saiu cambaleando pela sala de jantar e colocou uma cadeira extra à mesa.

— Seja bem-vindo à sua casa, Abernathy. Seja bem-vindo.

Impresso na Gráfica JPA Ltda., Rio de Janeiro – RJ.